艺术的行囊
In Art We Travel

肖伊谷 著

中国·广州

人生，是一场充满创意的旅行
太多未知的美，等待我们探索
现在，出发吧

自序
艺术的视角
审美的心胸

历时将近两年，人生的第一本书终于和大家见面了。从小到大，学艺术、看世界、找自己……在时光的流逝中，这本小书也融入了我对纸质书仪式感的一份敬畏。

读书、主持节目、跳舞表演、去世界各地旅行……成长路上热衷于折腾的我，也从戏剧影视艺术生开始，完成了美学博士的修炼。

艺术与生活是互相促进的两股能量，在生活中的学习、旅行中的见闻，是一种积累，而创作时的灵感多半都是来自那些经历过的每一个瞬间。珍惜日常生活、热爱旅行是找寻灵感的方式，歌词写作、舞蹈表演、戏剧演出的许多想法，都从生活和旅行当中获得。

艺术能带给我源源不断的能量，获得感受世界的能力、渗透美好的能力，创作也让我更加清晰地了解自己。不论是人生的道路还是艺术的道路，我理解了道家所表达的"生命就是一场'逍遥游'"，也珍惜地专注在生命中的每一个瞬间，不断观察、学习和探索着。

虽然身处读图和短视频盛行的时代，能静下心来看文字的人越来越少，但我依然相信文字有一种无可取代的力量。经历、思考后提炼下来的东西，呈现在纸质印刷品上，让我身上又多了一份责任感和使命感，也许这本书中还有许多不足，但希望它还是能有所用处，哪怕是让拿起书的你有一个微小的感触。

希望这本《艺术的行囊》，会是一部带来愉悦心情的作品，在创作的过程中，那种不断尝试创新的快乐，一直是我前进的动力。在后期成书的过程中，除了与设计师进行文字与摄影作品上的不断调试，还根据旅行的视频素材，将音频提取出来，加入了自己的声音，做出了7个旅行小剧场，同时也与朋友一起创作了3首歌曲。这一切，在我开始写这本书之前，都完全没有预料到。宗白华说，艺术心灵的诞生，在人生忘我的一刹那。不管是在审美还是创作中，这样忘我与专注的瞬间，都是生命中的喜悦，想要与你分享。

在这本书里，你可以：

通过舞蹈、戏剧、音乐、电影、美术认识世界
找寻旅行的不同视角
了解每个城市的文化氛围或艺术发展
在不同的国度之间理解人类
看到一个艺术生、文艺工作者的成长经历
用艺术的视角去点亮旅程和生活
听着声音剧场与音乐进入一个有趣的世界
……

世界之大，人海茫茫，有缘相见，便是奇迹。时间会将毫无关系的人的内心，紧紧联系起来，变得强大起来，我想通过我的眼睛、通过艺术，从不同角度带大家看这个可爱的世界。不断修炼，用审美的心胸去看这广阔的世界。

来一趟人间，我们总是要留下点什么，希望我们都能活在当下，从美好的事物中吸取能量。

—— 肖伊谷

艺术和思想
的远行

李明华

原广州市社会科学院院长、广东省文化学会会长
2020年10月13日于纽约

    伊谷的《艺术的行囊》，初稿和修改稿我都阅读了。总的感觉，伊谷是个有灵性的女孩，对艺术、对美的灵性。

    2014年5月，我在广州创办了"雅村文化空间"（以下简称：雅村），这是一个公益性的文化艺术普及系列讲座，每周一期，由知名的文化大家和艺术名家主讲，既讲且演，很受欢迎，讲座固定在广州图书馆的一号报告厅开办，500多座位常常爆满。起初我为物色讲座的主持人着急，就找了我的朋友王首程教授帮忙推荐，首程推荐了他的学生、正在读播音主持专业的研究生肖伊谷。雅村的第一期，全国著名琵琶演奏家方锦龙主讲，我没敢贸然让伊谷上场，请了南方卫视"金话筒"得主马志海（"马后炮"）主持，要伊谷在台下观摩。马志海与方锦龙珠联璧合，表演与主持配合得如行云流水，伊谷悟性好，立即就理解了如何主持这种讲座的要义。雅村第二场伊谷就上台了，之后一直担任雅村的"金牌"主持人，共主持了180多场，后因要去中山大学读博士，暂时中断。

    伊谷从小就学习音乐舞蹈，读大学时还到美国南卡罗来纳大学学习过电影与戏剧表演，有很好的基础，十分适应艺术舞台。在一些场次中，她以主持人的身份参与表演，她舞蹈，她唱歌，完全融入舞台中。有些时候，如爵士舞那场，她索性以演员的身份上场。一百多场文化艺术讲座，作为主持人每场都须事先与艺术家直接沟通交流，伊谷因此结识了上百位艺术家，这对她来说，是非常珍贵的机会，这使她的艺术修养有了很大的提升。

    伊谷在书中说，"所谓旅行，不仅仅是物理空间意义上的移动，更是思想的远行。"伊谷正是如此。她学习艺术，行走了大半个世界，有美丽极光、荒野沙漠、海底奇妙、白雪茫茫的自然景观，更有欧美、亚洲各类音乐戏剧、绘画名作的艺术浸润。流连于美术馆、博物馆、剧院的艺术颖悟，体现了她对绘画、音乐、舞蹈、建筑的热爱和天分，在不停息的行走中表现得如此充分，简直是如鱼得水。在伊谷眼里，一切都是那么和谐，那么有美感，那么有韵味。

    伊谷的旅行，是在美和艺术的大海中穿行，正如她说的："如果对美没有享用，人生其实不值得一过。"很多人每天都在平凡的生活中，或者在目不暇接的旅游途中匆匆走过，没有停留，没有品味，错过了多少美的时光，错过了多少不可重复的人生瞬间。欣赏音乐，必须有音乐的耳朵；欣赏绘画，必须有人性的目光；体验艺术，必须有艺术的情怀。让我们背起行囊，来一场艺术的远行。

走进美的
世界

萨 文

导演、作家、凤凰卫视前主持人
2020年12月1日

  和伊谷相识于2015年,她当时正在主持广州的知名文艺活动"雅村文化空间",也正在读影视专业的硕士,第一次见面时我们便用英文聊起了美国电影。

  伊谷从小受文艺家庭的熏陶,一直坚持各类艺术的学习和训练,充满活力,既有天赋也比较勤奋,是一个谦虚低调又富有艺术气质的女生。在伊谷出书之前,我曾经在社交网络上看过她写的一些旅行文章,文如其人,摄影作品看了也有美的享受。

  2020年,我们一起拍摄了一组短视频节目,在录制中,她展现了影视工作者的专业精神与灵气,能主持、能跳舞、能表演……和她一起共事是非常愉快的经历。有一次,我们与一位加拿大嘉宾拍摄短片,因为天色已晚,怕赶不上最好的拍摄光线,她将短片对话用专业的表现手法在镜头前一气呵成。

  伊谷曾在美国进修戏剧表演和电影,如今也经常出现在中法两国的文化艺术交流中,不同的文化氛围让她在事业上有了更多的体悟和创新,扎实的专业基本功和广阔的国际视野让她成为一个不断充实自己、稳步前进的文艺工作者。更让人惊讶的是,在工作之余,她一直坚持学习,拿到了博士学位,在自己热爱的领域里不断储备能量。

  在这本书里,你能看到一个女孩从本科到博士的十年蜕变;看到一个艺术生的追梦之旅;看到不同国家的艺术之旅……与伊谷一起,体会学习的快乐、旅行的快乐、人生的快乐。这本艺术散文行记,可以说是对她创作实践与艺术梦想之路的注解。现在,我们一起来走进她的世界。

锦衣而行并把
美的个人体验绘成地图

穆 肃

导演、作家
2020 年 12 月 15 日

  生活不仅有眼前的苟且，还要有诗和远方；一生中至少要有两次冲动，一次为奋不顾身的爱情，一次为说走就走的旅行……蛊惑人心的时代新语，在众人咀嚼之后，常会迅速地蜕化为陈词滥调。这是一个"消费过度"和"过度阐释"的时代，热搜的背后是娱乐至死，热词的流行，又往往折射着集体无意识的渴求。只是，尽管每个人都声张自己"眼眸有星辰，心中有山海"，但背上行囊，向着世界出发，又有多少人迈出了这一践行的步伐？

  我因为拍一部影片认识了肖伊谷，她出演影片中一个电视台主持人的角色，这个角色的戏份不多，但对形象和气质还是有一定的要求。恰好，她当时刚从美国学习电影与戏剧表演归来，在广州读美学博士，并主持电视台文艺访谈节目《东学西渐》及一个公益性的文化艺术普及讲座，各项条件都非常适合。于是，在一个秋天的下午，我们在一个大学的演播厅搭建的电视台内景中，拍摄了她的戏份，当时给我的感觉是，她的表演精准到位，优雅温婉，且有礼貌。我不是一个传统的人，但接触讲礼貌的人时，依旧能够感受到身心愉悦感。

  熟悉之后，才发现她的率真。在广州的德国风味餐厅里，也曾一起喝着啤酒畅谈过电影、梦想和人生，但更多的时间，我们遁入各自的世界里，只能通过社交媒体关注着彼此的生活。在许多人看来，她的生活丰富多彩，潜水、旅行、绘画……以及伴随着这种优质生活的短小人生感悟，无处不闪烁着精致与考究的美感。不过，这些光鲜亮丽的片段，虽能勾勒出一个人大致的生活轨迹，却总难免会使人将之归纳到"凡尔赛文学"的范畴。

  直到她拿出《艺术的行囊》一书的书稿时，这种误会才得到涤除。纯文字的描述，将随手拍的照片里的直观性都荡去，字里行间，描述了许多对理想生活苦乐参半的亲历体验，"心中有光，素履以往"，去学习新鲜的知识、去未知的地方、去冒险……越多地突破自己，越能看见真实的自己。她践行这一切，并分享这一切。

在一个开放的讯息时代,写游记是一件考验拿捏智慧的事情,整个世界,哪怕再偏僻的角落,都曾被各式各样的过客光临过。搜索引擎的出现,使旅程攻略随时可以垂手而得。好在,伊谷避开了这一甜蜜的陷阱,而是专注于对艺术美学的"朝圣":大都会艺术博物馆、现代艺术博物馆、古根海姆博物馆、Whitney美术馆、百老汇、乌菲兹美术馆、梵蒂冈博物馆、蓬皮杜艺术中心⋯⋯

在这些场域里,既能感受经典的魅力,又能发现异类的新奇,所以,她去加拿大看极光,去仙本那潜水,去"像一只被放生汪洋大海的鱼,被艺术的浪潮所包围,会遇到暖流带来的丰富鱼群,也能看见特立独行的异类生物⋯⋯"

《艺术的行囊》的篇目编织,有种按图索骥式的内在规则,在北美"沉浸戏梦",在欧洲发现"诗意蒙太奇",在北非观察"灵魂的颜色",在亚洲体验"美无止境"⋯⋯如果按地理学的范畴来总结的话,伊谷的世界地图是"残缺不全"的,就像电子游戏一样,在你对世界的完整探索之前,有更多的精彩的场域与体验,处于"未解锁"状态,这需要她用持续的旅行去查漏补缺。好在,她知道,她的书写,不仅仅是"游记"层面的"集邮式展示",但更重要的是在锦衣而行的过程中,把"梦的热望、耀眼的纯粹、喧闹中的宁静、笃定的从容",以及把关于美的个人体验,绘制成一幅生命地图。

所以,《艺术的行囊》还有另一重价值维度,在用脚步前行的同时,肖伊谷的思绪却在回溯——你可以将之视为触景生情的"私人回忆"。她勾勒出一个女子的学习艺术或者是体验艺术的曲折历程:从小就学习音乐舞蹈,尝试填词演唱,在美国学校洗衣房旁的草坪上练台词,读美学博士的动机,更多地源于她对艺术修养的渴慕;对绘画、音乐、建筑,都有自己的独特兴趣。世界的广度与深度超乎人的想象,而你自身的广度与深度呢?是否也亟待自己去探索?

至于博观与约取的问题,她并没有想那么多,也不必想那么多,"如果没有对生命的爱,艺术还剩什么呢?"。有时候,沉浸于对艺术的审美,比投身于对艺术的创造,更贴近人生的享受。

扫码一起去旅行

目录

第一章 北美 | 沉浸的梦想家　　　01

世界是巨大的沉浸式剧场　　　06
纽约　人生剧场的独白　　　12
南方小镇的艺术时光　　　16
舞蹈　心灵的语言　　　20
大都会的纯真之眼　　　26
纽约　美学散步　　　34
洛杉矶　艺术秘境　　　46
艺游湾区　　　50
温哥华　大自然与艺术　　　62
北极光的指引　　　70

第二章 欧洲 | 诗意蒙太奇　　　77

巴黎的调色板　　　80
里昂　光与音乐　　　86
瑞士　眼眸有星辰，心中有山海　　　94
米兰　戏剧化邂逅　　　100
威尼斯　月光酿成的诗　　　104
翡冷翠　仰望星空的使命　　　112
锡耶纳　答案在时间里　　　120
佩鲁贾　美的栖居　　　124
从罗马到梵蒂冈 一次文艺复兴的穿越　　　134
那不勒斯　野性之美　　　144

content

第三章 北非 | 灵魂的颜色　　　　　149

卡萨布兰卡　繁华过后的圣洁与恬静　　　154
马拉喀什　艺术家的灵感乐园　　　　　158
撒哈拉沙漠　遥远的呼唤　　　　　　　168
菲斯　人间烟火　　　　　　　　　　　174
舍夫沙万　蓝色的 N 种可能　　　　　　178

第四章 亚洲 | 美无止境　　　　　　185

东京　艺术的前瞻与坚守　　　　　　　188
京都　生活美学　　　　　　　　　　　198
镰仓　镜头里的诗句　　　　　　　　　206
北海道　爱与创造　　　　　　　　　　210
仙本那　海的启示　　　　　　　　　　214
在艺术与美中穿行　　　　　　　　　　220

后记 生之如舟 艺游世界　　　　　　　232

第一章
北美 | 沉浸的梦想家

Chapter 1
North America
Immersive
Dreamers

北美｜
沉浸的梦想家

North America Immersive Dreamers

旅行中的每一个城市，就像一个个舞台，
最好的演出，就是当下正发生的一切。

—— 伊谷

在北美的艺术氛围，更多接受到的信息是关于现代、当代艺术。现代艺术的范围很广泛，用来指从19世纪末期到大约1970年代大部分的艺术作品。科技的发展、社会的进步，也出现了越来越多的艺术形式。艺术家开始实验各种观看和表达的方式，作品也运用到了越来越多的材料和技术，也能看到更多新奇有趣的当代艺术。我曾经在美国学习戏剧表演与电影创作，非常喜欢在纽约现代艺术博物馆吸取灵感，从绘画、影像、装置、雕塑以及建筑中吸取灵感。

不管怎样的艺术形式，都可以看作是一种表达的"语言"，而所用的媒介不同。各类形式的创作之间，区别很大，但本质上我们总是在观察与表现之间。

北美的艺术版图，既能带人回顾过去的艺术史，又能从当代的创意灵感中展望未来。纽约的多元与前卫、旧金山的科研精神与文艺生活、南方小镇的甜美与安然……从美国南方小城开启的戏剧之梦，到纽约的艺术熔炉，各个城市的文化差异、不同的地理风貌也在不断促使我们理解一个国度的灵魂。

都市之外，自然风光更是我们一切灵感的源泉。壮丽雄伟的落基山脉、沉醉梦幻的西部海湾夕阳、凛冽的极地森林和被冰封的湖面、充斥着雪茄与Mojito（鸡尾酒：莫吉托）味道的迈阿密海岸……不论是在繁华的都市还是在淳朴的大自然，不论是冷静迷人的北方还是热情诱惑的南方，巨大的差异和丰富让世界如此迷人。

加拿大画家的作品里的冷冽与狂野，是落基山脉的深远与神秘；纽约画廊中大胆前卫的当代艺术，百老汇戏剧的张力与盛放，文学经典中的宁静，无时无刻都绽放着大都会的多元与开放。在不断遇见世界、不断遇见自己的有趣过程里，每一处风景都有新的天地。

世界是巨大的
沉浸式剧场

"去寻找故事的答案吧"

纽约的包容与随性，藏在George Gershwin（乔治·格什温，美国著名作曲家）的爵士旋律里，多元的人与事物是不同的创作元素，每个人都渴望在这里碰撞出不可思议的杰作。在纽约生活，就像沉浸在一个巨大的即兴剧场，可以像面对戏剧一样去面对旅行或人生的突发事件，也可以像旅行一样去看一场戏。沉浸在艺术中，沉浸在生活的点滴。与沉浸式戏剧Sleep No More（不眠之夜）相遇，是在纽约时光的难忘经历。喜欢沉浸式戏剧的人，大概都是因为对"探索"感的迷恋，因为沉浸在未知中，就像在山野间的徒步、在海洋中的潜游。戏剧中的未知，也和人生的未知一样，令人着迷。

2003年Sleep No More在英国伦敦首演，2009年引进美国波士顿，2011年风靡纽约，前几年也已进入中国上海。从纽约版追随到上海版，沉迷于沉浸式戏剧无法自拔，终于把它变成了我的戏剧研究课题。沉浸式戏剧是让观众参与在戏剧中，主动探索剧场或跟着戏剧角色走动，也就是把戏剧中的"第四堵墙"变成了一个个神秘的房间和热闹的舞池，但每位观众必须带上经典的白色面具，并且整个演出期间也不能说话。

在纽约的The McKittrick Hotel，剧场艺术、餐厅、酒吧、商店都融入这栋酒店的空间，从踏进门的那一刻起，便开启了一场发现之旅。剧情以莎士比亚的《麦克白》为蓝本，把原有的故事铺开到了整栋酒店，观众们佩戴着犹如鬼魅的白色面具，在整个剧场空间中跟随20多个角色在90多个房间中游走。在这个空间里，你可以独自享受迷离的灯光和音乐；也可以触碰现场的所有道具，发现故事的蛛丝马迹；可以跟着人物角色走动，被故事中的人物拉进独立的房间摘下面具互动。陌生空间带来的孤独感、阴郁的光线和烘托氛围的悬疑音乐也许会让人恐惧，但如果放下自己，跟随剧场中的一切，这场活动将会是一场精彩的梦。

在进入剧场时，就能被整个空间的细节所感染，在入场前的爵士乐酒吧来一杯鸡尾酒，在音乐与酒精中酝酿沉浸状态。复古的家居摆设、具有年代感的信件文书资料，所有精心安置的道具还原了一个梦幻并可以真实触摸的场景。昏暗的灯光和身临其境的音乐，荒林里的女巫、标本室的动物标本、侦探社里堆满了来往的信件和卷宗……没有一件东西会无缘无故出现。每个不同的楼层，都有属于自己标志性的风格和独特的味道，比如五楼的医院，就充满了浓浓的消毒水味，阴暗潮湿的环境，走道里挂满白色床单，空间的背景音乐也是低沉阴森的，让人一秒入戏。当麦克白夫人湿身坐在浴缸向你抛出媚眼，麦克白近身在你眼前褪去衣服，剧中人物在酒吧狂欢，而你被一个又一个支线人物拉进各个故事里的房间，一瞬间感觉自己是戏中人。在错综复杂的庞大故事线中，每个人所跟随的角色、追踪的故事线可能都不太一样，因此整部戏会全程循环2至3遍，在角色之间相遇、分离、穿梭中，也使观众的体验更加完整。不管是主线人物还是支线人物，他们全程很少使用语言对白，而是通过表演以及舞蹈的张力讲述故事，与观众连接。所以这也是一部没有绝对正确观看方式的戏剧，碎片化的情节，极具感染力的现场，让人着迷。

每次与角色近距离一对一互动后，戴上面具准备回到楼层间时，他们都会留下类似的提示："去寻找故事的答案吧。"沉浸式戏剧的乐趣就在于，观众对艺术活动的参与，也构成了艺术审美的　部分，同时也影响着艺术家的创作心理过程。

一部耐人寻味的沉浸式戏剧，不仅打开了新的创作角度，并且那些关于情感、关于生命，甚至被氛围所触动的瞬间，让人充满不断探索的勇气。

纽约
人生剧场的独白

"人生如戏"

清新怡人的中央公园，又挤又破的地铁，洛克菲勒中心的圣诞树，雄壮的布鲁克林大桥，哈德逊河对面的万家灯火，密集的博物馆与美术馆，曼哈顿的咖啡店，小酒吧里的爵士乐……生在纽约的人、从别的城市来的人，大家度过同样的时间，形成了现在的纽约。

Woody Allen（伍迪·艾伦，美国著名导演）说："有一件关于纽约的事，要么你在这里，要么你无处可去。"每一次与她的相遇都是特别的，就像爵士乐中的即兴表演，永远都会有令人惊喜的部分。其实，无论在哪一个城市，珍惜当下发生的一切，拥有审美和创作的心境，就会创造出自己独一无二的生活。

生活中，我们的念想会影响到行为和语言，境由心生，心随境转。演员在塑造角色，研读剧本时常常会思考："我是谁？我在哪里？我身处何时？我想要什么？"给角色的任务越具体，所呈现的状态也就越完善、集中、饱满。人生如戏，故事中的主角是你自己，做好自己是一辈子的修行。

人生中，凡事除了热爱，还要有一颗平常心。在舞台工作中的即兴和突发状况，像极了人生的未知性。我们无法事事都掌控，其实偶尔"失控"也是乐趣十足的，抛开人生的剧本，大步迈出去，拥抱的是珍贵的广阔和自由。所谓光辉岁月，并不是完美的日子，而是每一个珍贵的当下。

旅行中的每一个城市，就像一个个舞台。百老汇的每一个剧目，就是一幕幕人生故事的上演。最好的演出，就是当下正发生的一切。演奏、歌唱、跳舞……所有的表演艺术，台下的大量训练和功力是基础，到了台上便是即兴游戏的部分，保持清醒、冷静但富有激情。戏如人生，梦境与现实，不一定会绝对分明。我们无法预知故事会如何进展，但如果在台上足够放松，足够享受，沉浸在剧本中，便已是最佳状态。

不知是因为在纽约的人有一颗文艺的心，还是我们在文艺作品中分享了太多纽约的迷人之处，提到她，便觉得人生所有的不确定里都有无限的可能。

换上一双跑鞋，去中央公园晨跑，与行色匆匆的纽约客一起在十字路口奔涌向前，突然从前方拐角处传来熟悉的音乐，整个人仿佛一下子被叫醒：生活是不是应该从容些，万事万物都有它的节奏和规律，不是吗？于是，停下来微笑着聆听，这样幸福的微小时刻存放在记忆里，就像小朋友手中的棒棒糖，在沮丧时可以拿出来舔一舔，然后嘴角上扬。

旅行情景小剧场

扫码《与纽约相恋》
Fall in love with New York

北美 | 沉浸的梦想家

南方小镇的
艺术时光

"见自己、见天地、见众生"

　　南卡罗来纳州（以下简称：南卡）在我的印象中是一个岁月静好的地方，没有大都会的繁华和多元，正因为如此，才能更贴近原汁原味的美国小镇和丰富的南部文化。同学中有来自爱尔兰、意大利、德国、瑞士的朋友，我们常常一起做饭交流不同的美食也一起游历周边的城市，《乱世佳人》《阿甘正传》这些文艺作品的气息，在南卡和佐治亚州都可以深深地感受到。再往东南部走，对于佛罗里达州Key West（基韦斯特）的记忆，是一次秋假的公路旅行，车里的音乐都充满了拉丁风情，在海明威故居旁的小酒吧喝着Mojito，旅行的记忆随着音乐和文学充满无限想象。

　　每次从旅行中回到南卡，望见州旗上的新月与棕榈树，回忆中都是无限的温暖和欣喜。

　　美国南部有相当特殊的文化与历史，曾经是英属殖民地的南卡，留下了许多早期欧洲殖民者的文化痕迹，文学、艺术、生活等，都有值得回味的地方。在树林里的木屋加入美国本地同学的感恩节家庭聚会，在复古的爵士小酒馆和朋友们唱歌，南卡人民总是热情的、富有艺术天赋的。

　　在淳朴又文艺的南卡生活、学习，这段时光仿佛是一个装满能量的金色盒子，在离开后的日子里，它便成了继续前进的动力。

　　当时在学校里学习戏剧，让原本宁静单调的南部小镇生活变得多姿多彩。我们排练剧目，看各类音乐剧、舞剧，在电影导师的影响下恶补电影的知识，与意大利同学一起写脚本、拍短片……种种经历对于一个成长中的艺术生来说，就是天堂般的生活。

　　那时在学校里，每一周都有一个新的任务，可以和同学搭档一起表演小剧场，也可以选择自己演绎独白。去尝试不同的角色，在其他的角色中，更加了解人性、更了解自己。跳出舒适区，是当时表演老师给我的启发，并对后来的艺术工作产生了深厚影响。

每次在图书馆做完功课后，我们会自己排练，在洗衣房前的草坪上练台词，对面是小河，河上有一座木桥，在秋天的夜晚，脚踩在落叶上发出脆脆的响声，路灯下的身影和树影融为一体。到了每周二的上午，大家都会围坐在一起，分别表演、交流。一场戏，充满欢笑、泪水与思考、创造……

舞台上，那些看似轻松的自在，背后都是日复一日的基本功练习。在天赋的基础上，去学习新的知识，去未知的地方，去冒险……越多地突破自己，越能看见真实的自己，从而越来越放松地去参与这个世界，在创作中见自己、见天地、见众生。

后来回国从事主持表演等工作，剧场也成了生活中重要的一部分，对我来说，剧场更像一个解放心灵、祷告的地方。其实，戏剧的起源就来自人类与神灵的对话，如今我们在剧场、在艺术中，是和自己对话。不论是在剧场表演还是去看一场心心念念的戏，每次在剧院，都快乐得像个孩子，不需要过多的表达，音乐、灯光、故事就能触动灵魂。尽可能地去感受，就像听到音乐就要起舞一样。

尊重表演艺术，甚至包括排队买票、等候开场的时间。在纽约百老汇的各家剧院前，在售票口买好票之后等候进场，进场找到座位，坐下来，听到乐队调音、来来往往的人，当灯光慢慢暗下来，有一种说不出的喜悦。

"剧院里那些喜剧和悲剧，这是我们活着的理由。"这是曾经在法国里昂看到的某个标语。在戏剧创作里，我们与不同角色对话、与观众对话、与自己的内心对话。人生中，每一个人也都有一个舞台，在艺术中得到的哲思，也是对生命的思考。

佛罗里达州 Key West 日出

佛罗里达州 Key West 1号公路

南卡罗来纳大学校园

舞蹈
心灵的语言

"只要音乐不停，就一直跳下去"

在画家马蒂斯的作品《舞蹈》前，细腻的笔触让人感到流畅与舒展，仿佛心灵也随着色彩与线条舞动。鲜明的色彩与流畅的线条中，是自由的节奏，是从心底生长出来的热情与爱。

舞蹈能代替语言，代替那些在身体和精神深处我们无法言说的东西。父亲曾和我说起儿时的一件趣事，小小的我路过街边的音响店，会不由自主地随着节奏摇摆身体。我差不多在五岁开始学舞蹈，最开始练芭蕾，后来也接触了许多不同风格的舞蹈，到了高中，因为长时间的芭蕾形体练习，基本功还一直能保持，便开始学习爵士舞、现代舞了。后来在美国学习戏剧和电影，受爵士文化影响深刻，一头扎进了音乐剧和爵士舞的表演训练。

不论是在叛逆中舞向自由的现代舞，还是在极致中展现优美的芭蕾舞，舞蹈表达着不同的情绪状态和思想，也是依据不同音乐的想象和创作。爵士舞的魅力，就在于对爵士乐的理解和感知，看似自由而随性的即兴表演中，实际上需要严谨的创作方式和与生俱来的天赋。这个起源于非洲、在美国发展起来的音乐与舞蹈形式，通过时间的沉淀、社会的进步与艺术家们的不断融合创新，渐渐成为美国的一个标志。在曾经学习和生活过的南卡罗来纳州，有一个城市叫查尔斯顿，至今还保留着复古爵士的气氛。在20世纪20年代的小酒馆里，大家喝酒跳舞狂欢，这种带有社交性质的摇摆舞，也被称作"查尔斯顿舞"，电影《了不起的盖茨比》与《绿皮书》里就有这种爵士音乐和舞蹈元素。

当社交需求被满足，舞蹈形式和表演场所变得更加丰富时，越来越多的艺术家将爵士舞带到了更多更大的舞台。例如，在20世纪50年代百老汇音乐剧以及好莱坞音乐电影中，舞蹈家Bob Fosse[1]的风格开始流行，在他的编舞里，融合了踢踏、芭蕾以及现代舞，在他的动作中，干净里透露着性感，也让人感受到他丰

(1) 鲍伯·佛西，美国编舞、导演。2000年获得劳伦斯·奥利弗奖最佳音乐剧奖，代表作：《芝加哥》。

纽约 West Village 的爵士酒馆

满和充沛的力量。到了20世纪80年代,流行天王Michael Jackson(迈克尔·杰克逊)的舞蹈风格也受到了他的影响。如今,爵士舞的风格越来越丰富,舞蹈表现形式越来越个性化,也融合了许多文化元素,发展出了不同的地域特色,对于我来说,这也是爵士最令人着迷的地方。在音乐剧训练中,我最喜欢Bob Fosse编舞风格的练习。例如经典剧目《芝加哥》,极富感染力的表演与唱腔,让我总能在音乐节奏与舞蹈中找到一种张力,在乐感与戏里释放,是一种美妙的感觉。

我也爱在世界各地不同的舞蹈工作室跳舞,与不同国家的艺术家交流,这是一个不断学习和精进的过程。舞蹈的魅力,不仅仅是音乐与律动中的感受,还是创作的灵感和人生的感悟。比如,芭蕾基本功中的Battement tendu(法语:擦地),这个过程非常像书法的"中锋横"练习,"脚掌-脚尖"贴地摩擦着地面,平稳有节奏地将脚背推出去,如同毛笔的力透纸背,最终将笔尖拎起来收尾。再比如,舞蹈律动需要在"小"与"大"的动作之间收放自如,这点也与语言艺术、表演艺术中的抑扬顿挫一样,有对比反差才有情绪的起伏,才更强烈的艺术表达与感染力。

跳舞对我说,是一种修行。在舞蹈中,需要聆听,对音乐的聆听、对音乐信息和风格的理解与把握;需要刻苦,在肢体律动间,收放自如的状态,是无数次艰苦的基本功训练换回的"游刃有余";需要控制,如何灵活运用和控制自己的身体,让它表达出最合适的状态是一门需要持续训练的课程;还需要不断超越、专注与坚持……

无论是舞蹈、摄影,还是绘画,如果一直坚持做自己喜欢的事,是幸福的。人生也是如此,就像村上春树写的:只要音乐不停,就一直跳下去。

大都会的纯真
之眼

"艺术就是现在"

在纽约,总是要把时间留给大都会艺术博物馆,这里就像一所永远能进去学习的大学。在大都会遨游艺术的海洋,非洲艺术的原始雕像,古希腊古罗马的雕塑,德加的芭蕾舞者,莫奈的睡莲,毕沙罗的葱郁郊区,或者是雷诺阿笔下那些衣冠楚楚的巴黎中产阶级,尽管对这些艺术品都已经无比熟悉,但还是耐人寻味。

正值纽约的冬天,但寒冷也无法掩盖这座城源源不断的活力。不知是因为新年假期,还是因为展厅隔壁旷世奇才米开朗基罗的特展,当我走进David Hockney(大卫·霍克尼)的展览时,场面火爆,有的人带着家人一起看展,有的人在名作前激烈地讨论,有的人旁若无人地拍照,心里不由自主地感叹:Hockney实在是当之无愧的艺术明星。

David Hockney,这位当代英国与弗洛伊德比肩的艺术家,早已拥有许多标签:"最贵的在世画家""英国皇家艺术院士""摄影师""iPad忠粉"等,他的作品中散发着迷人的魅力。

2018年在大都会的特展,是艺术界为了庆祝David Hockney的80大寿,联合伦敦泰特美术馆、巴黎蓬皮杜艺术中心和纽约大都会艺术博物馆,给这位时髦的老人举办的一场热闹非凡的世界级巡回展览,带着全球的观众一起回顾了他60余年的艺术生涯。

什么是绘画?David Hockney说,当一个原始人瞪大眼睛看见一只吼叫的狮子,他就在岩壁上重现了那个惊悚的记忆。绘画就是这样发自本能的动作,还不等图像形成,手已经试探着触摸脑海里的图像。

1961年,David Hockney创作了 *We Two Boys Together Clinging*(《我们两个男孩紧紧胶着》),这是他创作的第一幅同性主题作品,他也借此公开了自己的性取向。但是在当时的英国,同性恋是不合法的，他的作品饱受批评。后来，他移居美国加州，这片自由热情的土地成了他的乌托邦。

　　David Hockney第一次来到洛杉矶就爱上了加州，与英国的阴雨连绵和雾霾重重不同，这里永无止境的夏天、永远慷慨照耀的阳光，让他获得了更多色彩，他形容：就像梵高被法国南方的色

大卫·霍克尼画作（局部）

彩所震惊,马蒂斯被西班牙和摩洛哥的色彩冲击一样。

阳光、夏天和泳池是Hockney这一时期最悉心观看的事物。他的泳池图,将稍纵即逝的波光和水面的透明感深深印在人们的脑海里。创作于1967年的代表作 A Bigger Splash(《大水花》),是他标志性的作品。

在这件作品里,他完美捕捉了人跳入水中这个时刻。定格了极具美感的水花,打破了明朗色块构成的安静、慵懒,动态中却给人一种宁静感,似乎在夏日的中午按下了暂停键。据说他当时花了两个星期去画这朵水花,花两个星期的时间去画两秒钟的事,是他独特的艺术视角。

在David Hockney的画中,我总能感觉到他的赤子之心,热爱生活的每一个瞬间,细腻的洞察力与敏锐的感受力,将纯真表达得淋漓尽致,作品里满是热爱和率性。

大卫·霍克尼 《泳池与两个人像》局部(1972)

大卫·霍克尼 《大水花》 (1967) 纽约大都会艺术博物馆

大卫·霍克尼《富士山和花》（1972）

大卫·霍克尼《Clark 夫妇和 Percy》局部（1970～1971）

生活环境的变化、人生经历的积累,锻炼出了Hockney高度敏感的眼睛。即便是静静开着的水仙花,仿佛也有一个故事要讲。

在他创作的肖像画里,也能感受到他的细腻与表现力。当时的艺术圈正流行观念艺术,这些回归古典主义、酷似照片的作品,创造出了一种明显又克制的张力。也许做Hockney的朋友是一件幸福的事,因为他能非常准确地抓到人的内心。

在《Clark夫妇和Percy》这幅画作前站了许久,大概是被人物的张力与个性所吸引,David Hockney对人物的性格与气质解读精准。这幅画是时装设计师Ossie Clark与面料设计师Celia Birtwell的新婚生活图景,Hockney当时担任了他们婚礼的伴郎,在阳光灿烂的比弗利山庄豪宅里为新婚夫妇创作了这幅肖像。

2017年,80岁生日时Hockney写下"Love Life",他说,自己在工作的时候像毕加索,永远感觉自己只有30岁。

旺盛的精力、独特的视角,让他的作品拥有了极高的辨识度,在众多当代艺术作品中璀璨夺目。他也不曾停止学习,接纳与包容新生事物,用iPad也进行了许多杰出的创作,不断地在线条、色彩、表现方式中寻找生命的真谛。

无疑,David Hockney是艺术界的宠儿,从二十多岁崭露头角到耄耋之年依旧风靡全球,他的艺术生命力也像他所用的色彩一样明亮。巨大的画面、明艳的色彩、率真的笔触……Hockney从没停止用心观看这个世界。对生活的热情是他作品的灵感源泉,他曾说:"我不贪钱,我贪心的是令人兴奋的生活。雨滴落到水坑里我就能发现其令我兴奋之处,但很多人不行。因为我要过兴奋的生活,直到倒下的那一天。"

在全球新冠肺炎疫情期间,83岁的英国艺术家David Hockney,在法国诺曼底家中等候城市解封时,在自己的花园中用iPad创作了许多春日景象,他的画作在网络上传开,唤醒了人们感知春天的美,也缓解了正在抵抗新冠病毒的全球同胞们的焦虑,他写道:"Do remember, they can't cancel the spring."(要记住,没有什么可以阻止春天的到来。)

他在诺曼底花园里的创作,也在艰难的时刻提醒了大家,不要忘了大自然的美好,以及对生活的思考。他在BBC的独家采访中说:"我们渐渐地与大自然失去了联系,但我们是大自然的一部分,而不是在大自然之外。"

David Hockney继续坚持着创作,并鼓励大家也尝试拿起画笔去记录自然与生活,而不是用手机、相机,以这样独特的方式体会现实的存在。他说:"压力是什么?这是对未来的担忧。而艺术是现在。"

大卫·霍克尼 《走廊》(局部)

纽约
美学散步

"艺术就是永恒"

咖啡店里的打工异乡人，画廊中谈天说地的艺术青年，鸡尾酒吧钢琴边的情侣，地铁月台上沉醉演奏的小提琴手……被浅褐色高楼填满的曼哈顿，大大的城市装满了每个人的小小自豪，这里充满无尽的可能性，甚至伸手就能触碰到想要成为的自己。

在纽约生活，会有太多惊喜。漫游在纽约的各个戏院、美术馆，像一只被艺术的浪潮包围的鱼，会遇到暖流带来的丰富鱼群，也能看见特立独行的异类生物，总之，在这片艺术的海洋，没有无聊的时刻。

MoMA（纽约现代艺术博物馆）

MoMA[1]是值得反复回味的美术馆，旅行中只要住在曼哈顿，可以时不时去MoMA逛逛。在现代艺术领域，它拥有很多重要的收藏，可以静静遨游在其中，享受它给你带来的惊喜和灵感。

MoMA有自己的剧院，在网站上可以查影片排期，凭门票可直接领当天的电影票。每年他们都会放超过1200部电影，大概每天都有3到4部影片可以选择。除了丰富的艺术盛宴，在紧贴雕塑花园的餐厅落地窗前，也能一边品尝美食，一边在艺术建筑中感受季节的交替。

梵高的《星夜》前，永远人头攒动。看起来尺幅并不大的画，却蕴藏着巨大的能量。当大家近距离观看这幅画时，在画布上涌动的色彩与笔触能够令人直抵梵高狂野与真切的内心。浓密的笔触仿佛将夜空点燃了，正如同梵高燃烧的内心，奋力挣脱着所有的规则与束缚，绚烂而永不落。梵高说："没有什么是不朽的，包括艺术本身。唯一不朽的，是艺术所传递出来的对人和世界的理解。"通过艺术不断理解世界，这是艺术家对生活的所有热情。

(1) 纽约现代艺术博物馆（Museum of Modern Art）是一所在纽约曼哈顿中城的博物馆，也是世界上最杰出的现代艺术收藏地之一，简称MoMA。

MoMA 户外花园

MoMA 美术馆展馆内部

当站在艺术家的原作前，细细品味他的色彩与情感，画布上的光影细节，在浓烈的笔触下释放，仿佛能看见他内心的疯狂。不由自主地会想象他绘画时的心境，一触即发的情绪，扑面而来。涌动的夜空与宁静的田园，仿佛沉郁与忧愁中翻滚着希望。丝柏树犹如火焰般升腾，像极了奋力生长、仰望星空的梵高，仿佛从画中真的能看到他内心的那团火。

绘画也好，音乐也好，任何艺术都可以视作是一种探索。在《亚威农的少女》里，毕加索的探索就如外科医生做解剖一样，选择一个主题，通过大量分析性观察，将其解构。这正是立体主义的精髓。一张2.5平方米的巨大画布上，呈现着棕、蓝、粉色粗略勾勒出的五个向外张望的裸女，她们的身体被简化成一系列三角形和菱形，裸女的面容由不同的视角碎片拼接而成，所有的特征都被重新排列，线条使形象支离破碎，就像在一块碎玻璃里看到的那样。与传统画法相比，这种破碎又重组的画法将人物背后的肉欲、危险、混乱更有力地传达了出来。

毕加索曾说过："糟糕的艺术家复制作品，好的艺术家窃取灵感"，二维平面的视觉效果，细节被精简到极致，塞尚会用几乎一样的方式描绘一片田地，而右边两个女人头戴的面具也出于毕加索喜欢的非洲文化。争强好胜的艺术家，焦虑变成了激发创新的灵感。这幅基于塞尚的观点而创作的作品，开启了一场新艺术运动。立体主义，有史以来第一次，在艺术创作中不再把画布假装是一扇窗户，它不再是带来幻想的工具，而是被当成表现对象本身。当目光漫游在画布上棱角分明的形状之间，其中饱含的感情和韵律让人感到愉悦。

任何一种新的艺术形式的诞生，都在提醒我们以新的视角观看世界，这就是艺术存在的意义。

毕加索 《亚威农的少女》，MoMA 纽约现代艺术博物馆藏

纽约古根海姆博物馆

The Solomon R.Guggenheim Museum
（所罗门·R·古根海姆博物馆）

从MoMA出来后，还可以去附近的古根海姆博物馆。

19世纪初，美国是一个充满机遇的梦想之地，有梦想的人，总会跳出自己的舒适区。居住在瑞士的犹太家族"古根海姆"漂洋过海来到了新世界，在采矿业和冶炼业中获得了巨大的财富。所有具备"移民文化"的城市都有这样的魅力，这一点也总让我想到中国的深圳。

从那时起，古根海姆这个名字便与现代艺术紧紧联系在一起。"古根海姆"家族的所罗门从1929年开始投资现代艺术品，其中包括康定斯基、克利、罗伯特·德劳内等几十位画家的作品。同时他创立了古根海姆基金会，目的是"艺术上的促进、鼓励和教育以及启蒙大众"并开始筹划建立古根海姆博物馆。

所罗门对建筑的品位与对艺术的品位一致，喜欢前卫、大胆的风格，他选择了赖特的方案，因为这一螺旋上升的展廊形式"大胆而富有新意"。正是因为他的这一大胆决定，诞生了这一座建筑史上的经典之作。可惜的是，所罗门在博物馆开工前就已经去世，1959年古根海姆博物馆对外开放时，赖特也已经去世半年多了。

当年的艺术批评家们认为弧线形的展览区是对绘画艺术的亵渎，甚至有二十位艺术家签名，拒绝在古根海姆博物馆展出他们的作品。但是经过时间的洗礼，艺术家和策展人们发现，赖特的设计实际上是个受欢迎的挑战。

到了今天，能够将自己的作品在古根海姆博物馆展出，是每一个艺术家的梦想。

相比纽约古根海姆博物馆的气势,威尼斯水岸边的Peggy Guggenheim Collection(佩吉·古根海姆收藏馆)更加怡然自得,阳光下的波光粼粼,衬托得灰白建筑闪耀但并不刺眼,从水边的街巷穿梭,进入院内便被绿植所包围,这里更像是一个艺术家的完美居所,在爱与美中,来来往往的人们在这里获得一些心灵的安慰。

佩吉·古根海姆是梅耶的孙女,是所罗门的侄女。他的父亲本杰明·古根海姆就是在泰坦尼克号遇难时放弃救生艇位置的那位男士。1920年,22岁的Peggy远赴她向往已久的欧洲游学。在巴黎,她成了各种艺术沙龙的座上宾,年轻、富有、个性热情又活泼,对艺术的热爱和优渥的家境让她在文艺圈中如鱼得水。她与著名爱尔兰诗人詹姆斯·乔伊斯一家共进晚餐;从高级定制鼻祖保罗·波烈的工作室购置裙装;请达达主义的奠基人、先锋摄影大师曼·雷为她拍照……

与她叔叔Solomon的理智投资不同,Peggy是一个真正热爱艺术,并把艺术当作生命的人,威尼斯的古根海姆收藏馆,几乎全面覆盖20世纪欧洲和美国的各个重要流派和艺术家之作,美术馆也成为艺术界璀璨的明珠之一。

81岁的Peggy逝世于威尼斯,而她的名字则随着威尼斯的古根海姆收藏馆永远留存于世。

古根海姆家族有一句话:"一切都是死的,包括我们的肉体和财富,唯有精神是活的,具有永恒的生命力。而艺术,则是展示这一永恒的一种方式。"

纽约古根海姆博物馆内部

Whitney Museum of American Art（惠特尼美术馆）

在High Line Park（高线公园）里漫步，沿路富有艺术感的街区和在长凳上互相取暖的人们，把纽约的冬天变得温暖。在闲逛中，发现了Whitney Museum of American Art（惠特尼美术馆），这间1931年成立的美术馆汇聚了美国现当代艺术界的重要作品，例如Roy Lichtenstein（罗伊·利希滕斯坦）[1]，Barnett Newman（巴内特·纽曼）[2]，Alexander Calder（亚历山大·考尔德）[3]，Jasper Johns（贾斯珀·约翰斯）[4]，Peter Hujar（彼得·霍加）[5]，Louise Bourgeois（路易丝·布尔乔亚）[6]等艺术家。

在Whitney是一个晴朗的天，穿过展厅走上露台，可以望到纽约城市的天际线和Hudson River（哈德逊河）。阳光下的河流闪耀着、流淌着，城市的变迁、艺术的发展变化，可能这条河比任何人都清楚。

二战期间，由于政治、战争等原因，大批欧洲艺术家逃往美国。他们的到来为美国艺术界打开一扇新窗。美国本土艺术家在此基础上也开始主动的学习，做了大量的尝试与结合，终于让美国的新艺术做到了与欧洲传统艺术分庭抗礼，树立了独属于自己的"美国现代艺术"，而从此之后美国成为欧洲大陆之外另一个崭新的世界艺术中心，同时也成为诸多艺术家们竞相展示与角逐的新舞台。

惠特尼美术馆内部

(1) 罗伊·利希滕斯坦（1923～1997），美国画家、波普艺术代表人物之一。
(2) 巴内特·纽曼（1905～1970），美国艺术家，抽象表现主义的主要人物之一。
(3) 亚历山大·考尔德（1898～1976），美国雕塑家、艺术家，动态雕塑发明者，代表作：《龙虾陷阱与鱼尾》。
(4) 贾斯珀·约翰斯，美国当代艺术家。
(5) 彼得·霍加（1934～1987），美国摄影家，从事黑白肖像创作。
(6) 路易丝·布尔乔亚（1911～2010），雕塑家、画家、评论家与作家。

纽约 Soho 区的画廊

Soho原本是纽约的老工业区，现在许多厂房和仓库被艺术家改建成了他们的工作室或画廊，后来也出现越来越多的文化创意产业聚集于此。

当代艺术是一种思考，艺术家和哲学家的功能类似。当代艺术中的观念，是艺术家的表达所在。艺术家与艺术工作者的最大区别就是，艺术家有自己的世界观与方法论，精神上的内容通过纯熟的技巧成为一种鲜明的表现方式，并且能够影响其他人。

艺术家为何创作？在中世纪，有七种技艺：语法、修辞、逻辑、几何、算术、音乐和天文学，每种技艺都是看世界的一种方法，是获取智慧和真理的途径。

当代艺术中，对战争、人类生存的思考，对两性问题的关注，无论艺术的形式如何变化，都离不开作品的思想观点，能否与公众产生对话，是创作和创意的精髓。

艺术与科学，都是"局外物"，我们需要这样一群启发和观察的人。艺术家提出了观看世界的新方法，科学家也许会因此受到灵感启发，作出一个推动人类社会发展的研发。

洛杉矶
艺术秘境

"对生命的热爱"

在洛杉矶(简称:LA)的时间正值新年假期,室外晴天多云,假期里的人们还未睡醒或在朦胧中各自忙碌着。纽约的艺术氛围在街头,而洛杉矶是在海边,在大自然中,曾经试过在洛杉矶海边晒太阳,忽然被远处海平线的海豚群所震撼。

登上Griffith Observatory(格里菲斯天文台)看整个LA的夜景;在Santa Monica(圣莫尼卡海滩)海边听街头艺人的原创音乐;在星光大道上,漫步在傍晚粉紫色的晚霞中;坐上观光巴士的露天座椅,塞上耳机播放音乐,脑海里是加州的艺术短片……

时隔多年,再次回到这个城市,同一个地方,在不同的心境下,每一次都是独一无二的际遇。如今,想要探索的更多,这个像花园一样的城市中,有一座艺术秘密花园,那就是The Getty Center(盖蒂艺术中心)。

在我所去的众多美术馆中,盖蒂一直是最特别的存在。现代感十足的建筑搭配上生机勃勃的植物园,透亮的玻璃反射着加州的阳光,广场休息区的喷泉在夜幕降临的灯光下流光溢彩。整个空间与氛围都和艺术交融着,简约中透露着生动。

不管是Alexander Calder(亚历山大·考尔德)的极具标志性的雕塑,还是贾科梅蒂[1]的细长雕像,在这片翠绿的花园和雅致的建筑的笼罩下,所有的艺术雕塑仿佛生长在这里一样。静谧的花园与珍贵的艺术品,交织出一曲光影协奏曲,是自然与艺术的完美交融。在欣赏丰富的馆藏之前,实际上已经置身艺术品般的空间了。

The Getty Center主要收藏从中世纪到现代的西洋艺术品,从中世纪泥金手抄本、素描、手稿、雕塑到摄影杰作琳琅满目。苍翠的花园沿中心旁的山坡而建,还可欣赏洛杉矶最美风景。The Getty Center的镇馆之宝是梵高去世前一年所创作的《鸢尾花》。

(1) 贾科梅蒂:瑞士雕塑家、画家,代表作:《超现实表》《笼》《鼻子》。

洛杉矶 Santa Monica 海滩

洛杉矶盖蒂艺术中心

如果说The Getty Center是偏现代感的，那么Malibu（马里布）的Getty Villa（盖蒂别墅）则是古罗马风格，仿制古罗马城镇Herculaneum[1]乡村别墅样式，拥有狭长水池的列柱廊中庭，并以罗马雕像点缀。

塞尚出生在浪漫的普罗旺斯，父亲为他保留了作为银行经理继承人的职位，但他一心只想成为画家。塞尚并不偏好印象派捕捉瞬间的效果，他身处印象派却渐渐认为其缺乏结构，打算让印象派成为"坚实而持久的东西，比如博物馆的艺术"。静物画、风景画、肖像画和游泳者成了他喜欢的题材。塞尚调整了冷暖色调来描绘深度和表面，并建立架构，这样的复杂绘画影响了几乎每一个前卫绘画运动，包括立体派和抽象艺术。

看展时，脑中会突然冒出Vincent van Gogh（文森特·梵高）的句子："那些，深埋在冬天的雪里，深埋在秋天的黄叶里，深埋在夏天成熟的麦子里，深埋在春天的青草地里。"在经过艺术的洗礼之后，出来散步，突然有一种奇异的浪漫感觉。坐在夕阳下觉得，这一刻，千金不换。建筑和收藏品本身就已经是神奇的存在，并不需要太多装饰。

艺术之美不就是随着时代，承上启下，将传统与潮流汇流，不断注入新的活力，成就新的经典吗？如果没有对生命的爱，艺术还剩什么呢？

---

[1] 赫库兰尼姆，意大利坎佩尼亚区古城，位于那不勒斯东南8公里处。公元79年，维苏威火山爆发，整个城市被火山灰淹没。

艺游湾区

"世界的美,没有统一标准"

似乎每次来到旧金山,都会遇上下雨,却还是能感受到她的温柔。在机场的马路边等车,望着淅淅沥沥的小雨,身旁有一群美国姐妹正在给她们远道而来的朋友唱欢迎歌,手中的牌子上面写着:"welcome home",被这样温馨的瞬间感动,飞行的疲倦也慢慢消散。

旧金山这座城,就像机场展出草间弥生的当代艺术作品一样前卫、包容。城市里高低起伏的道路和充满想象的墙面涂鸦,让人觉得置身"盗梦空间"。

斯坦福大学随处可见当代雕塑与艺术装置,阴天骑行的人从身边穿过,给安静的校园增添了些许活力。晚上在Google总部的餐厅,坐在一群科技青年中,感受湾区的点滴生活。

硅谷的街区咖啡店人声鼎沸,有在电脑前工作的人,有刚运动完来买咖啡的人,也有正在激烈开会讨论的人们。这里有讲不完的故事,文学、音乐和"硅谷钢铁侠"……充满科技氛围的文艺之城,容纳了无限梦想。

旧金山现代艺术博物馆(SFMoMA)

旧金山SFMoMA与纽约MoMA互相远眺,SFMoMA略比MoMA晚几年建造,是西海岸第一座展示20世纪以后艺术的博物馆。虽然这里没有纽约现代艺术博物馆中的像梵高的《星空》、毕加索的《亚维农少女》这种名垂青史的艺术品,但像波洛克(Jackson Pollock)、德·库宁(Willem De Kooning)这些知名艺术家的作品是SFMoMA的镇馆之宝。这里是了解现当代艺术的绝佳场所,也是西海岸现当代艺术的重地。

SFMoMA 共有七层,刚进馆内,户外花园里Alexander Calder

（亚历山大·考尔德）的雕塑和咖啡的香味已经开启了加州艺术的氛围。

从二楼的摄影展逐渐沉浸，到了四楼便走进了"美国抽象艺术"。在墙上Cy Twombly（赛·托姆布雷）[1]不同时期的典型作品，以及Agnes Martin（艾格尼·马丁）[2]的极简抽象作品前，适合发呆和神游。在四楼的行为艺术区域，演员的行为艺术让我浮想联翩。无论从剧情的哪里开始，都适合迷失在其中。

五楼主要展出的是波普艺术、极简主义和具象艺术，安迪·沃霍尔、罗伊·利希滕斯坦的波普艺术，Chuck Close（查克·克洛斯）[3]的超写实和马赛克肖像画以及Dan Flavin（丹·弗莱文）[4]的极简主义灯光雕塑等。在劳申伯格的特展中，能够深切体会到他在"艺术与生活之间的间隔处"创作。

SFMoMA 旧金山现代艺术博物馆

[1] 赛·托姆布雷 美国抽象派艺术家，其抽象作品结合了绘画和素描的技巧。
[2] 艾格尼·马丁（1912～2004），加拿大裔美国抽象派女画家。
[3] 查克·克洛斯 美国超级写实主义画家。
[4] 丹·弗莱文，美国极简主义艺术家，以用荧光灯具创作雕塑品和装置而闻名。

SFMoMA 旧金山现代艺术博物馆

六楼的主要内容是"1960年以后的德国艺术"，有很多里希特（Gerhard Richter）[1]和基弗（Anselm Kiefer）[2]的作品，可以在这里感受下里希特不同风格作品里的色彩，以及基弗作品里对于不同材质的运用和厚重的心理压迫感。

一个人旅行，一定有一个"非人"的伴侣。我喜欢拿着相机、看展、看戏。读万卷书、行万里路，生活的痕迹与点滴组成了我们自己。

有时，看着眼前的艺术作品，脑海里会是地球上另一处的风景，或者是打开一个深刻的认知。我们交流，不一定要用语言，也可以用舞姿、歌喉、画笔、摄像机……

当你在作品前，心生疑惑或提出思考的一刹那，也是与艺术的互动。不是每一件事物，都需要被完全理解，人也是如此。

---

[1] 格哈德·里希特，德国画家，在抽象画、基于摄影的写实作品、具有极少主义倾向的绘画与雕塑上，不断进行着各种尝试。
[2] 安塞姆·基弗，德国新表现主义代表画家之一。

笛洋美术馆窗外风景

笛洋美术馆（de Young Museum）

笛洋美术馆[1]位于著名的金门公园内，对面就是加州科学馆，紧挨着日式花园，在一片葱郁中，静守着一方艺术胜地。

笛洋美术馆主要以美国艺术为主，包括美国古典艺术与现代艺术。哈德逊河画派[2]中的美国自然壮阔，与海牙画派[3]或者巴比松画派[4]是那么的不同。也许有的人喜欢荷兰风景画或巴比松画派，认为哈德逊画派没有欧洲画作的那般底蕴，实际上，美国艺术也有非常多有趣的内容。

风景画对于大部分人来说都没有太多特别之处，可能经常是过目即忘，美术馆也很少特意去提示你风景画究竟有哪些内涵。你或许只是觉得景色令人心旷神怡，然后就接着看下一幅了。但一幅高水平的风景画，可能蕴含着丰富的意义和象征。小说家Marcel Proust（马赛尔·普鲁斯特）曾写道："真正的发现之旅，不在于寻找新的风景，而在丁形成新的视野。"

笛洋美术馆的半壁江山被"美国18~20世纪的艺术"占据，不过这里也有那么一两幅毕加索、达利的作品。这里我最喜欢的是"印象派和现实主义"展厅，既有美国印象派作品，也有现实主义肖像作品，是在感官上最让人愉悦的一个展厅。

在The Hudson River School（哈德逊河画派）展厅里是Frederic Edwin Church（弗雷德里克·埃德温·丘奇）的画。山涧，绿地，夺目的双彩虹，Church的风景画有着独特的光线运用魔力，很多时候，远远一看，就知道是他。哈德逊河派的画，往往比较理想化，有舞台布景式的效果。

除了能在馆内领略美国现当代艺术，笛洋的雕塑花园和顶楼观景平台能够让整个艺术之行更加赏心悦目。冬天的雕塑花园

(1) 笛洋美术馆于1895年开馆，1989年地震时严重受损，新建筑于2005年开馆。
(2) Hudson River School，美国风景画派，以纽约为基地。
(3) Hague School，受法国巴比松画派影响，多以写实手法描绘当地风俗和风景。
(4) Barbizon School，在邻近法国枫丹白露森林的巴比松镇的法国风景画家群体。

里，光影和植物见证着时间的流逝。穿过一片小树林，感受加州冬阳气息，形态各异的树木是不常见的品种，会给人带来一种奇妙的感觉。坐电梯到美术馆顶端，整层落地玻璃窗在阳光的照射下，像一个吸收湾区养分的植物房，整个金门公园和旧金山海湾一览无余，登高望远总能让人豁然开朗。

当美术馆或剧院成为旅游景点，艺术并没有沦为拍照打卡的陪衬，反而正是人们亲近艺术、参与艺术的一种方式。对于美术馆的体验，一张有趣的摄影会让我们与艺术之间产生更有意义的互动。如今的大部分美术馆都是可以拍照的，除了某些特别展览，实际上，如何拍艺术品，也成了观众审美的一个环节。在大家拍的各类艺术品之中，也透露了对艺术的感受。"对艺术的感受"应该是展览与大众之间最有效的互动了。比如，当你女朋友站在她最喜欢的画作前沉思时，拍下她的背影；当你儿子的脸上露出和毕加索一幅作品十分相像的表情时，抓拍下来；或者让你的朋友假装和一件雕塑作品扮演剧情……艺术家创作艺术品，观众也能发挥创意，用摄影的方式进行再次创作。与不同的人交流、去不同的地方、遇见不同世界的人，这就是我们看世界的方式。而世界的美，也没有统一标准。

笛洋美术馆内部

Legion of Honor

这个似乎没有官方中文名字的Legion of Honor博物馆，也是旧金山重要的艺术博物馆之一，有人会叫它荣誉军团纪念馆，也可以直译为荣军院。荣军院位于旧金山西北角的林肯公园内，与位于金门公园内的笛洋美术馆共同组成了旧金山艺术片区。

这里环境优美，欧式的建筑坐落在高地，四周被丛林和高尔夫球场环绕，紧邻着海湾，可以眺望到金门大桥。荣军院主要展出的是欧洲古典艺术，是北加州为数不多的拥有欧洲古典艺术馆藏的博物馆，如果看得不够过瘾，那就得移步洛杉矶或纽约了。

荣军院的馆藏也算面面俱到，从古埃及、古希腊，到中世纪、文艺复兴，从巴洛克、洛可可，到新古典主义、浪漫主义，再到印象派、后印象派，每个重要阶段或多或少有所涉猎。

那天我恰好遇到了罗丹与克利姆特的展览。罗丹著名的《吻》的诸多成功因素之一，在于它的双重幻象：那一块大理石，既是两位年轻恋人优美的身体，又是他们拥吻时所坐的凹凸不平的岩石。克利姆特画笔下对于爱情的金色幻想，与罗丹的热烈真挚交相辉映，令人心花怒放。

整个荣军院里我最喜爱的是莫奈的《睡莲》。虽然莫奈画过很多很多的睡莲，这幅也不像巴黎橘园或者纽约MoMA里的体量巨大，但是它的色彩真的可以说是独一无二、过目不忘。在没有被借走的日子里，这幅《睡莲》通常会被放置在展厅右翼最尽头的正中间，在远处就能感受到它的光芒。

①	②
③	④
⑤	⑥

① 旧金山林肯公园高尔夫球场
② 旧金山林肯公园
③ 罗丹雕塑《吻》
④ 莫奈画作《睡莲》
⑤ 克里姆特画作
⑥ 旧金山荣誉军团纪念馆（荣军院）

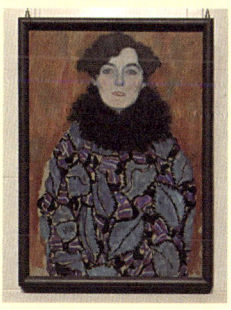

北美 | 沉浸的梦想家

温哥华
大自然与艺术

"大自然的能量"

圣诞节来临之际,在温哥华休假。大部分时间都是阴雨连绵,偶尔遇上温和明朗的天气,就会开车出去兜风。尝试适应一个陌生环境,可以过滤掉生活里的杂念。自在久了,便开始享受孤独,而温哥华又是一个能静下心来的好地方,在海边山林徒步或驱车去滑雪,不管在哪,拥有好奇心和探索能力的人,永远不会觉得生活无聊。

温哥华的魅力,藏在时间和大自然中。一个雨后的夜晚,往城市的北部驱车上山,在灯火通明的都市上空,清亮的夜色里荡漾着烟云,你想看到凡间还是星辰,不过是转念间。

早晨醒来,去西温(West Vancouver)海边捞海蟹。这里常看到钓鱼、捕蟹的人们,尤其在阳光灿烂的时候,在木桥上有秩序地排了一列人,阳光洒在海面上,大家各自静待收获,在这样一个温柔的早晨,一杯咖啡的时间就能对温哥华心动。捕蟹的过程其实不难,去超市买一些肉、鸡腿捆在"捕蟹筐"上,再将"捕蟹筐"拴上粗绳,抛进海里,过一会儿往岸上拉,就有蟹趴在筐里了。捕蟹的惊喜与钓鱼不同,你无法感知海里的动静,但每一次都有不同的惊喜。加拿大有捕蟹的法律条例,大致意思是进入捕蟹区要有许可证,以及捕到不符合规格的蟹(没长大的蟹宝宝)时,要放生,只有蟹长到一定的大小才可以带回家,并且带回去的数量也有限制,一人仅限2只。捕蟹后,开车一路向东来到海湾边,前几日的大雪还残留了少许未融化的积雪,但海水已随着迂回曲折的海岸线热情地涌动,在不远处此起彼伏的山脉围绕下,望向东边是繁华都市,西边是粉色云气感的天空,立刻陷入一种自由自在的梦幻。

低温城市总会给人一种高冷感,但疏离感中是一份冷静和理智,多花一些时间便能感到源源不断的温柔细腻。远处的山、眼

West Vancouver 海边

前的城，街上的行人和港湾里的海鸟，散步时，岸边都是享受阳光和生活的人们，耀眼却温和的阳光将寒冷融化，大自然带给我们的抚慰比想象中多更多。

去往市区，可以去美术馆碰碰运气看能遇上什么好展览，或者去Stanley戏院看看今晚有什么好戏。冬阳下的温哥华清爽宜人，也适合在路边的咖啡店发发呆，如果下雨，也不必着急，你总有时间和方式能到家。日子虽然平淡无奇，但感觉被温暖的力量包裹，人也不断充满元气。

艺术场所是能直接感受城市能量的地方，温哥华美术馆与这座城的气质一样，冷静而自持。在艺术家自画像特展中，墙上的面孔仿佛都能看出眼底的倔强和高冷。

在加拿大的当代艺术里，不同的视角也能看到艺术家们的思考与人生态度。加拿大艺术家Gordon Smith（戈登·史密斯）关于黑色的创作——*The Black Paitings*，所有展出的画作都以黑色为主题，放眼望过去好像都是黑色，但是走近看，每一幅的细节都不同，艺术家想表达的情感也不同。

不同于大面积黑色的直接、纯粹，日本艺术家村上隆的艺术展色彩斑斓，各种天马行空的创意和跨界合作也颇有活力，仿佛也让温哥华在寒冬里苏醒。

在加拿大的艺术里，不得不提一位女画家——Emily Carr（艾米丽·卡尔）。她对加拿大的自然环境有着独特理解和深刻表达，所以被称为"自然女诗人"。她的画用雨季森林特有的沉重雕塑感表现了雨林本身，画风表现出堆积的木材和曲线迂回的海岸，以及充满云气感的效果，这和我感受到的温哥华非常像。

加拿大遗世独立的风景让人冷静，人口的相对稀少和纯净大自然让作品的表达更原生态和淳朴。地域与文化总能找出许多有趣的关联，北欧风格也影响了加拿大的设计，同样高冷、自然的土地，也许在骨子里就有许多相似性。

  Emily Carr作为一名女性艺术家，会表现出柔和浪漫的一面。她曾在日记中描述，在雪天的加拿大，地平线和天空融为一体，也产生一种亲密感，正因为寒冷，人们在屋内相聚才更能感受到温暖。越是寒冷，越能激发人们的热望，生命中许多事情不正是这样吗。

  一个地域的艺术能让人更好地理解这片土地，旅行的感受也使人对艺术、对生活的感受更加深刻。

温哥华美术馆

加拿大画家 Emily Carr 画作

温哥华卡皮拉诺吊桥

北极光的
指引

"对未知的好奇与探索"

　　神奇的自然景象，仿佛有一种致命的吸引力，对未知的好奇是发现世界的动力。

　　在加拿大公认的极光圣地有两个，一个是西北特区的首府Yellowknife（黄刀镇），另一个是育空省的首府Whitehorse（白马市）。每到冬季，极光女神都会左牵"白马"，右持"黄刀"，在北美的夜空中潇洒地飞舞。黄刀镇比白马市的纬度更高，看见极光的概率更大，并且在北美第五大湖Great Slave Lake（大奴湖）湖畔的黄刀镇比育空河旁的白马市居民更少，风景更原生态，于是我们选择去往黄刀镇。

　　从温哥华出发，途经埃德蒙顿转机，一路向北。拖着疲惫，怀抱着希望，在飞机上很快进入梦乡，当临近降落时，却能很准时地醒来，从机舱内望出去，整片大地是被茫茫冰雪覆盖住的模样，有一种即将走进另一个世界的兴奋感。

　　这是加拿大最北的城市、临近北极圈的黄刀镇，黄刀机场非常小，在机场唯一的行李传输带上，有一只北极熊标本，等行李的时候，有位同机的旅客穿得像一只熊，仔细打量，典型的爱斯基摩人脸庞和身躯。走出机场，仿佛觉得远处的声音变得特别清晰，而近处的声音变得模糊，冰雪天地和周围房子升起的蒸汽、人群中飘浮的雾气、荒凉的景色，忽然感受到一丝极地探险的气氛，仿佛可以马上遇见精灵或走进传说中的故事。

　　黄刀镇人烟稀少，常住人口只有二万多。城区只有一条主街，可以说是一个永远无法迷路的地方。这里靠近北极圈，白天时间特别短，每天感觉醒来过不了多久就天黑了。气温、光线、环境，这些都给小镇增添了神秘的色彩，让人感觉仿佛到了世界的尽头，还未见到极光，就已经有了奇异的感受。

　　在小小的市区闲逛，每到一间店，都会挂着极光的照片，因为这里的旅客大部分都是冲着极光而来，简单纯粹，寒冷也让人的动作放慢了，有了更多思考的时间。

在小镇入口处的山坡上，可以看到第一架去北极探险的飞机，如今它已经成了这座小镇的标志。时间消逝，人们对于未知的探索从未停止，正因为有了这些具有冒险精神的人们，世界才变成了今天的样子。

黄刀镇也是20世纪30年代淘金热的产物，在至今的70多年里，因富藏金矿所以叫"Yellowknife"，而如今钻石业也成了黄刀镇的支柱，被称为北美钻石之都。

夕阳中从高处眺望整个沿湖而建的黄刀镇，冰雪能封住湖面，但封不住这个富有探险气质的城镇。走在街上，路过当地的一些老房子，似乎还能感受到当年人们追寻梦想、坚毅勇敢的余温。冰封的大奴湖上不仅能跳舞，还是一条交通要道。每年1月和2月是黄刀镇Ice Road（冰路）通车的时候。夏天，被湖水隔开的众多部落只能开车绕很远的路去市区上班、购物，而到了冬大湖面通车时，原本要开一个多小时的路程，走冰路只需十几分钟。

坐着雪地摩托车穿越壮阔的森林雪景，在迎面呼啸的寒风中驶入冰封的湖面上，在当地人的带领下尝试"冰钓"。用铲子凿开厚厚的冰面、去除水面上的浮冰，将渔网放进水里，过不久只需把渔网拉上来，就能收获一些湖里的鱼。看起来如此简单的步骤，实际上在天寒地冻的环境下，凿好冰洞、准确撒网、拉网，整个过程下来，也得费不少劲。

想看到人生里不一样的景色，就必须有所付出。在夜里看极光，体感温度达到了零下50°C。我们看极光的那儿天，正逢满月，极光的强度不算太高，虽然不是最佳观赏时间，但还是连续3晚都看到了极光。

肉眼见到的极光和照片上的会有很大的区别，有些风景，必须亲眼所见，亲身经历，才会有深刻的体会。看极光是奇幻的体验，与它相比，仿佛世间所有的光芒都黯然失色。在古罗马神话中，Aurora（北极光）是掌管黎明和北极光的女神，为渴望幸福的人们指引着方向。加拿大印第安原住居民认为，这些夜空中流动着的彩色光带，会给有幸目睹的人们带来神奇的治愈力量。

天空中的极光总是变幻莫测、摇曳多姿，极光的闪烁与变化总是让人感到兴奋和激动。在大奴湖面上的一次极光闪现：先是从山坡背后出现一丝绿光，然后源源不断地向夜空中滚动、慢慢变得越来越宽，与此同时，第二缕极光从湖面另一边也向夜空中延伸，看到两股极光相遇、碰撞、旋转，形成一个类似太极的图案，再延伸去各自的方向。就像人生中的一些际遇，我们在时间里闪耀、遇见、羁绊、变幻……之后再奔向自己想去的地方。

极光偶尔强烈地布满整片天空，仿佛从树林这边踏上去，就能走上通往仙境的桥梁。有时趁你不注意，从山后一片片涌向你，再到夜空中慢慢变淡，好像有许多话想向你倾吐；有时很调皮，像小女孩手中挥舞的彩带，才眨眼的工夫就从夜空中飘过。月光、帐篷与逐渐消散的极光，像一个小时候的梦境，也像是古老遥远的传说。

在大自然面前，人类如此渺小。我总相信生命中的许多际遇都是宇宙给你的信息，留意那些能量，也许能给我们指引方向。

飞回温哥华时，已经是这一年的最后一天，连登上飞机都有一种告别过去的感觉，飞进新的一年时，时差让我们在飞机上跨了两个年。"时光倒流"的短暂体验，感应到了来自时间和宇宙的鼓舞，凡事大胆去追寻吧，就像一直相信奇迹那般。

旅行情景小剧场

扫码"听"极光
Light Chaser

北美 | 沉浸的梦想家

第二章
欧洲|诗意蒙太奇

Chapter 2
Europe
Poetic Montage

欧洲｜
诗意蒙太奇

Europe
Poetic
Montage

美既不在罗马也不在雅典，而是深藏于每一颗欣赏美的心灵，这才是永恒的美。

——梭罗

欧洲的艺术氛围浑然天成，美得毫不费力，擅长用镜头讲故事的法国人、极具表演天赋的意大利人……艺术家们与生俱来的浪漫和创造力，把这儿变成了生活与创作的宝地。在欧洲的时光，不像是在旅行，而像是由一个个生活美学片段组成的电影。会让人幻想像Woody Allen（伍迪·艾伦）《午夜巴黎》中的男主角一样，穿越回文学艺术的黄金年代。

可以在各大博物馆、美术馆里收获精神食粮，也可以在乡野间认真地生活。旅行中的许多画面都记忆犹新：在蓬皮杜艺术中心的角落里，坐着正在临摹名画的艺术生；在盛夏的巴黎，夕阳下的街心花店被各色鲜花充盈着；在瑞士卢塞恩的湖边，街头艺人在人群中忘我地表演；在法国里昂的村庄，田野间的风景像走进油画中一样美；在意大利的小镇夜晚，走进教堂去聆听和谐优美的管风琴；在梵蒂冈城的西斯廷教堂，惊叹穹顶上栩栩如生的壁画……

能幸运地将工作、生活融入看世界的行走中是幸运的，在文化节目上与文艺复兴诗人但丁后裔的相识，和法国音乐剧《巴黎圣母院》主要演员进行演出交流，参与法国里昂灯光艺术节的展演工作……每一次的邂逅，都加深了对艺术、对未来的畅想。

巴黎
的调色板

"自由挥洒的色彩"

在7月的一个傍晚，从北京起飞，经由波兰转机到达巴黎，雨后的气息和不知疲倦的太阳，让戴高乐机场的设计和配色有一丝耀眼，坐上出租车，司机一口纯正的法语让我回过神，原来这就到了巴黎。他说，法国刚拿了这届世界杯冠军，透过车窗我甚至都能感受到整个巴黎似乎还在狂欢和骄傲中。

第一眼的巴黎是蓝灰色的屋顶，过了一周的时间后，再靠近一些，我眼中的巴黎，是画布上自由挥洒的色彩。

红：梦的热望

在蒙马特高地[1]的圣心教堂，和巴黎来一场炽烈对视。没有什么，比这更巴黎。在巴黎人眼中，蒙马特是一个宁静的避风港，在蒙马特散步，沿街颇具风情的设计师店、小酒馆，就像游历在艺术家的生活社区。

如今地价昂贵的蒙马特，从前是一个工人社区，这里吸引了19世纪的画家，他们都受到了蒙马特的色彩和乡村风格的启发。据说毕加索在那时就实现了"扫码支付"，因为每当他去街边餐厅，会用画来"支付"他的午饭。

在蓬皮杜艺术中心里遨游，发现艺术家所使用的媒介在不断地变化，世界也在不断地变化。油画布、大理石、木头或石头，这些创作媒介是艺术家理念的载体，通过油画、雕塑或素描将思想呈现。但到了杜尚那里，顺序就颠倒了过来，他认为媒介是第二位的，最重要的是理念。这在当时是一个了不起的看法，他重新定义了什么是艺术和艺术可以是什么，也勇敢地向学者和批评家们提出质疑。

一名艺术家在社会中的作用与哲学家相近，从尘世中抽离一

(1) 蒙马特高地（Montmartre），位于巴黎北部，曾是一片布满葡萄园、磨坊风车的乡间小村落，1860年被归入巴黎市，是一个包容宗教、艺术、浪漫故事的地方。

步,通过作品展示对世界的理解或评论。如果对生活不够热爱、对艺术的梦不够炽热,怎么会留下感染和启发大家的作品呢? 在巴黎,看到一种挣脱束缚的叛逆与梦的热望。

白: 耀眼的纯粹

世间有无数种白色,白颜色的特质就像"水",遇见谁就变成谁。白色是纯粹的、明亮的,在电影、戏剧、文学、绘画、摄影等各类艺术中,都能寻找到不同的"白",艺术的丰富不仅仅是简单

巴黎蓬皮杜艺术中心

的获得，而是将看到的世界凝聚到自己的光谱中。白，从来不是空洞，是一种纯粹与专注，是在纷繁复杂中获得的自由。

光影关系是"黑白灰"之间的探索，而白色，是不可缺少的光。莫奈的眼睛一直追寻着色彩与光影间的变幻，细腻入微的笔触，光的变化与物体之间的关系，让他着迷。

奥赛博物馆的印象派画作里，岁月的色彩与时间的留白交织渲染，生命的音符在纸上跳跃。1917年，已经76岁高龄的莫奈开始《睡莲》的大幅连作，这批巨作相较1909年的作品更深刻，也有了更多积极的状态，甚至可以说是轻松愉快的。莫奈用独特的色彩理解表达出他对光的追崇，在简洁的表象下，有无限的物象，也有丰饶的生命，是眼所能观、心所能悟的。

《睡莲》的笔触是自由而奔放的，色彩在光影的交错之间，形成了一个印象中的世界。莫奈在他的晚年，日复一日地陶醉在他的水上花园，世间万物在自然光线下的变化吸引着这位年迈的老人，他的视力可能大不如从前，但他在绘画时的观察与思考从未减弱，对色彩的敏感和创意的心性从未消失。无论是在橘园美术馆的巨幅作品前，还是在纽约MoMA和旧金山荣军院的《睡莲》前，我就像是被投掷到了一个无边无际的池塘，沉浸在他的梦幻花园。我曾幻想，像潜水一样，潜入莫奈的粉红、粉紫、蓝紫和绿色的海洋中，畅快地遨游、轻快奔放。

巴黎橘园美术馆

巴黎奥赛美术馆

欧洲 | 诗意蒙太奇

蓝：喧闹中的宁静

在巴黎西南郊外，闻名遐迩的凡尔赛宫已经优雅了数百年。游览完华丽精致的宫殿，最幸福的时刻是在偌大的巴洛克式花园里散步，园内植物都修剪成规整的几何形态，布局对称且严谨、秀丽又大气。

从台阶高处往下看，园内的所有细节都能尽收眼底，植物、雕像、喷泉，如交响曲一般和谐。多种色彩融为一体，却丝毫不觉突兀，让园林的美学发挥到了极致。花园水域的张力与四周的树林，使整个景色充满了活力与生机。

昔日的辉煌，如今也是人气最高的经典，在世界各地游客的喧闹中，花园、建筑、雕塑仿佛在一片繁华中，静静地诉说往日的故事。所有的华丽终将过去，所有的叹为观止也会被时间的长河消磨殆尽，最后留下的，是最真的，也是最美的生活和生命。

巴黎凡尔赛宫（花园）

紫：笃定的从容

在巴黎的清晨，城市还未完全苏醒，却有一种扑面而来的清亮。这是一座适合走路的城市，漫步巴黎，累了可以坐在草地上或坐上观光巴士，遇到有趣的地方就下车，即便不到名胜，也可以随时见到悦目的东西，比如河边人们的悠闲姿态，充满了咖啡因和苦艾酒的文艺浪漫。为了灵魂，我们选择音乐、书籍、电影、旅行……我们经常把生活形容为一场和时间的较量，或许，这场较量也是一种对话。人生之旅中，慢慢学会等待，等待表演的开场，等待去远方的航班，等待故事的发展，等待一些人的到来……在无数种选择中，找到那条通往自己的路。

巴黎的颜色，是生命中的注脚，让故事再次启程的时候，散发新的光芒。痛苦也好，快乐也好，都是创作的灵感。所谓完美，不过是幻想。人生的感动瞬间，从来都不是完满之时，而是明明知道会下落，却依然勇敢。生活的重复，也许会让我们忘记原本的简单，而好的旅行就是，在另一个地方，再次遇见我们所熟悉的内心，提醒我们，人生里那些重要的事情。

梦的热望、耀眼的纯粹、喧闹中的宁静、笃定的从容……这些，都无比珍贵。

旅行情景小剧场

扫码漫步巴黎
Inspired by Paris

里昂
光与音乐

"生者需要光"

无论多么精彩的城市，迷人之处都在生活的日常里。依河而建的城市，大都比较相似。在罗讷河与索恩河交汇处的半岛，是里昂老城区的所在，至今还混合着中世纪与文艺复兴的气息。坐在河边吃着街口刚出炉的法式糕点Financier[1]，温热的香气和街头艺人的琴声描绘了一个完美的夏日午后。河水缓缓流淌，能感受到音乐穿越时空直抵人心的力量。

喜欢观察旅行中的人，街上牵着狗狗约会的情侣、在路边咖啡馆抽烟的客人、开着车的时髦老太太……这是"旅行"电影里，属于里昂的镜头。

这个与电影有着不解之缘的工业城市，充满着文艺气息。当世界上第一部电影《火车进站》震撼了世人，电影的发明者卢米埃尔兄弟便家喻户晓。卢米埃尔兄弟的家在里昂城郊的一栋大别墅，现在已经成了Musée Lumière（卢米埃尔电影博物馆）。夏季的烈日将葱郁的梧桐树叶投影在博物馆建筑上，光影交互形成一抹清新的痕迹，似乎将要在假日里讨论一部法国新浪潮电影。电影博物馆里的老式机器，砖红色墙与墨绿色的门窗撞击，里昂的夏天，让人置身蒙太奇的诗意中。

里昂虽然面积可能只有北京的三百分之一，但这个城市几乎容纳了全部人种的移民。穿长袍的阿拉伯人、雷鬼打扮的黑人、意大利长相的南欧人、金发的东欧或西欧人、为数不多的亚洲人……他们在从郊区驶向市中心的电车上依次上车、落车。

里昂并不陌生，让人很快就放松下来，本地人也用法语向我问路，也许他们已经习惯世界各地的人来到这里生活。从老城区往山上走，坐在教堂门口的台阶上发呆，吃不完的面包就扔给鸽子，读书、聊天、午睡。

[1] Financier 蛋糕：19世纪末法国Lorraine（洛林）地区的一种传统烤制点心，由于当时很多金融家在证交所工作，与普通食物相比，他们希望吃到一种不会弄脏西服的食品，因此Financier 蛋糕诞生，蛋糕被制成金砖形状，大受金融家欢迎而流传开来。

法国里昂老城街道

法国里昂老城街道

这里是《小王子》作者的出生地，老城依山，一排排富有童话感的房子，带百叶窗的窄长窗户，夜色中的灯光将古老的石板路照得发亮。大概在这样纯粹的老城生活过，就会一直相信圣诞老人的存在。

这里的人也的确可爱，到达里昂的那天，遇到两位身穿制服、面容青涩的大学生，他们看到我初来乍到的样子，便帮忙拿箱子，用生涩的中文词语和我聊天，真挚的脸庞上满是善意。

有一次在地铁，我正着急找包里的硬币，面对不收纸币又无法刷卡的机器近乎抓狂的时候，一位刚出站的法国老太太把她的"日票"递给了我，说："这张票还可以用，你拿去吧。"初次见面就读懂和体贴你的里昂人，无比温柔。

坐地铁换乘缆车上山，是里昂的地标建筑——Basilica of Notre-Dame de Fourvière（富维耶圣母院）。在一片晚霞中，俯瞰里昂，整片砖红色的房顶点亮了整个眼眸。教堂门口的石狮英俊威严，在傍晚的光线中变得柔和。狮子是Lyon的象征，里昂的气息，更像一个慢热腼腆的阳光男孩，雄狮的威武外表下有一颗粉色的心脏，桀骜不驯之中又有细腻柔软的一面。

夏天过后，临近圣诞，在同一年的冬天再次和里昂相遇，是受邀参与里昂灯光艺术节。冬天的Fourvière（富维耶山），多了一份沉静。走出教堂远眺，可以看到远处的Mont Blanc（勃朗峰）和Alps（阿尔卑斯）山脉，雪白色的山顶清晰可爱。里昂灯光节的历史源于当地传统节日——光明节，在每年的12月8日纪念圣母Marie。如今的灯光节变成了一个传统与现代结合的节日，圣诞氛围也带来温馨的节日气息。

在富维耶山上，有着两千年历史的古罗马剧场，是广州灯光作品《雨打芭蕉》的展出地，这是2018年我在海外参与工作的第一个艺术装置。熟悉的广州岭南风情在欧洲古迹中展现，别有一番魅力。在节日的开放时间里，当欧洲观众们来到作品前，一边听着广东音乐《雨打芭蕉》《彩云追月》和电子乐的融合，一边与灯光交互式装置进行互动，立刻让人感受到传统与现代的交流、中国与法国的对话、过去与未来的展望。在广州与里昂友好城市30周年纪念的这一年，一起见证了中国文化在欧洲的绽放，与法国艺术家朋友们一起共事，都加深了对这里的依恋。

里昂富维耶圣母院

里昂富维耶山俯瞰视角

法国里昂

跨国艺术工作需要更多包容与理解，看到辛苦付出后的美好作品、寒冷雨夜里热情的游客，一瞬间觉得一切都是值得的。

那时我们常工作到很晚，如果里昂也有《深夜食堂》，那么地点就该选小酒馆。里昂的小酒馆总是亮堂堂暖烘烘，尤其在冬天或雨天，给人一种庇护感。在温暖的街灯里，可以发现很多Vin Chaud（热红酒）和Crêpe（可丽饼）的路边摊，食物的热气在灯下形成漂亮的氤氲，我和朋友钻进一家老街小酒馆，一天的疲倦在轻松的音乐和浓郁的味蕾中消散，正聊到开心的时候，耳边突然响起平时练舞的音乐，我们相视而惊喜，感觉是像déjà-vu[(1)]，人生中这样的小瞬间真的很容易让人感到快乐。

不论是传统的光明节还是现代的灯光节，不论是烛光还是电光，人类不能没有光。我想到了在旧金山笛洋美术馆曾经看过的一部短片——*The Living Need Light, the Dead Need Music*（《生者需要光，死者需要音乐》）。在混沌中，我们有光才活了下来。宇宙间的相遇、相知，早已将人生谱写成了一首诗，当我们走向宇宙的另一端时，没有什么比音乐更好的诠释，那些没有说的话，那些想要表达的情绪，都在歌声里。

(1) 似曾相识的感觉，指未曾经历过的事情或场景仿佛在某时某地经历过的似曾相识之感。

法国里昂老城街道

瑞士
眼眸有星辰，心中有山海

"回归本真"

如果真的有人间仙境，那一定是瑞士。从傍晚巴塞尔车站的晚霞到夜幕深沉的卢塞恩，在半山腰古老的城堡酒店向远处河流与山脉眺望，小镇星星点点的灯光让人如同置身中世纪的渔村。远处的船声，灯火下的本地人新婚舞会，都是来自人间的治愈。

卢塞恩是一个美到让人"词穷"的地方，被鲜花簇拥的精巧房子，小桥下悠然自得的天鹅，恐怕只能用音乐表达。夜晚轻轻地包裹着整个城，上帝把月光碾成碎片，轻轻洒入琉森湖，让人情不自禁地唱起歌。其实在1801年的一个暮春之夜，贝多芬也将月光闪闪的湖面，拼成了一曲永恒的乐章——第14号钢琴奏鸣曲，这首曲子后来被命名为《月光奏鸣曲》。

离开卢塞恩的温柔月光，到达Interlaken（因特拉肯）的那个晚上，正好在经历月全食，据说这是预示着地球上的一切能量和秩序都在重新归位，天文奇观让旅程变得充满奇幻色彩。

从火车站出来，走在小镇上，月全食已经结束，月亮在天边皎洁而玲珑。街边还有一些未打烊的小酒馆，安静的夜幕下，隐隐约约的人声和音乐，仿佛在期待我们的"回归"。神秘的夜色中，已经能感应到少女峰远远地散发着沉静温婉的气质。

第二天一大早，便坐着拥有100多年历史的火车顺着山路蜿蜒而上，山峦绵延起伏。茂密的树林、青青的草地、可爱精致的房子、清澈的山涧流水和远处的宏伟雪山，濛濛细雨温柔地打在车窗上，仿佛有一股神奇的力量，引人进入绝美的梦幻境地。

在半山腰的Lauterbrunnen（劳特布伦嫩）换乘火车到达Kleine Scheidegg（小夏戴克），少女峰的气温平均在零下7.9摄氏度，随着海拔高度的上升，气温也明显越来越低，尽管是盛夏，却有进入冬天的感觉。

从Kleine Scheidegg到Jungfraujoch（少女峰）这一段的火车就

是著名的少女峰列车，有四分之三左右的路段是在冰河底下隧道岩壁里通过，看起来是一个十分艰巨的过程。

火车穿越7122米长的隧道，在途中Eismeer（艾思美）车站停车5分钟，在这里游客们可以下车，通过凿石而成的"观景窗"，远眺少女峰风光，隧洞外面连绵的雪山与冰川壮丽的景色映入眼帘。在Eismeer换乘最后一段火车驶上顶峰，是欧洲海拔最高的火车站Jungfraujoch。下车后得先穿过一个冰窟，里面陈列了许多晶莹剔透、设计有趣的冰雕。冰窟的尽头是少女峰的室外观景地，还未完全踏出户外，一阵强风扑面而来，让人忘了这里是夏天。走出去，脚下的积雪嘎吱作响，眼前的白茫茫的冰川雪山美得让人窒息：阿尔卑斯山脉的风在耳边呼啸，一边是绵延起伏的瑞士山脉美景，一边是与少女峰接壤的阿雷奇冰川。 在皑皑白雪中，山间的云，来去自由，有着毫不停滞的自由、透明、清爽以及纯净洁白。

卢塞恩的湖光山色，因特拉肯的白雪高峰……一切美好都触手可及，人生的许多问题，在清风蓝天里，不言自明。告别城市的喧嚣，静心感受大自然带来的一切，许多创作者，都会让自己沉浸在大自然中。拥抱大自然是一种本真的回归，卢塞恩是一个让人静心观察、思考沉淀，不断提供灵感的地方。艺术的表达，大部分都是来源于大自然。意大利画家莫兰迪曾说："在可见的世界里，表达什么是自然，这对我来说是最重要的。然而，我相信没有什么比现实更超现实、更抽象的了。"

他的静物画平静、简单、自然，也许第一眼看上去没有太多冲击力和吸引力，但会慢慢被这样一种禅定、平和的力量所吸引。莫兰迪描绘静物的美学，带着一种历久弥新的生命力，看他的画，让人直接联想到他深居简出的生活。

许多人心中都有一个"桃花源",除了仙境一般的景色,更令人向往的是那份安定的心态与认真生活的从容。日常生活的忙碌中,我们想要的东西很多,于是一直在为自己的欲望奔走,以为这样不松懈就可以抓到更多。

如果生活没有一个目标,就像在荒野里奔跑。大多数人生活在工作中,可是却不太清楚方向。现在,一个突如其来的"闭关",我们开始看到自己生活中最重要的事物,正因为这样的限制,我们开始从自由的迷失中关注到当下,更珍惜自己所拥有的,看清楚所有的取舍,也让我们学会重新和自己相处。

忙碌的人,重点关注的是未来,很多计划以及计划完成之后的新计划。当然不可否认计划未来的重要性,但也不妨留出一些给当下的时间。在闭关中,我们发觉城市变安静了,宅在家的活动变得很简单,许多平时并不下厨的人开始做出一道道美味佳肴,开始静下来阅读、练习书法、养花、关心阳光……以更多的方式进入了当下。

如果有时间去焦虑,不如珍惜这一次重新充电的机会,在简单的当下中找回自己的觉知,重新联结自己和身边亲近的人。关注我们忙碌中最容易忽视的东西:空气、水、食物的味道……甚至是我们自己。太多嘈杂蒙蔽了我们的感官,找回这些本真的东西,思路也许会更清晰和深刻。

虽然看起来"旅行"相对于"宅"的状态是动态的,但旅行也并不是单纯地向外跑,而是通过转换场景寻找那一份专注、沉浸、享受的心境。在平静里从容,才能有一份应对忙碌的淡定和从容。

瑞士因特拉肯

米兰
戏剧化邂逅

"时间沉淀的致命魅力"

乘铁路快线到达米兰,从月台出站,步行到车站大厅,感觉走进了博物馆一样的建筑,连火车站都这么文艺,这座城也太令人期待了。它是古典的,也是摩登的,街头时髦的人们与尘封的历史过往,混合成一股特别的气质。当正午的阳光洒满城市,一缕清风吹过,能感觉到她沉静内敛的同时好像也从未放弃探寻。

意大利作家Italo Calvino(伊塔洛·卡尔维诺)在《看不见的城市》这样形容米兰:"有时,我只要瞥一眼,只要不协调的风景出现一个开口,只要浓雾里发出一下闪光,只要听到人群中两人相遇时的对话,那么,从那里出发,我相信可以点点滴滴拼砌成一座完美的城市。"

在米兰市区河边的民宿里住,房东是一对叔叔阿姨,他们的儿子Dylan正在上大学。叔叔是时尚摄影师,他开车从火车站接我们去民宿的时候,和我分享了他和顶级时尚设计师Giorgio Armani(乔治·阿玛尼)先生一起工作的趣事。

聊完工作聊家庭,他还和我抱怨,为什么儿子的选择总是要和自己相反。其实,人类之所以进步,就是因为下一代不听上一代的话吧。

民宿卧房里挂着Klimt的复制画,从阳台上眺望,能看见运河边的二手市场,据说这里有超过四百个摊位,古董家具、饰品、旧书、手工皮具……热闹非凡,令人眼花缭乱。

穿过繁华的闹市,走向城市中心的主干道,有种说不出的美感。古老的建筑在诉说往昔,时尚、富有艺术气息的新商店又让这座城活力无限,每步行一段距离,就偶遇一个"文艺天堂"。

米兰并不是"第一眼美女",甚至有些不拘小节、随性自在,但如果多一些耐心,会喜欢上她的率真和内涵,慢慢上瘾。

隐藏在老居民楼里的书店,门口被茂盛葱郁的植物装点。逛累了，就在户外餐厅沿街的小圆桌坐下，喝杯啤酒，看人来人往。

骑着共享单车去米兰大教堂，Mark Twain（马克·吐温）说它是"一首用大理石写成的诗歌"，精致的石雕和锐利的塔尖，想要冲破云霄的哥特式建筑支撑着这座城的魂。

广场前成群的鸽子与人们亲密互动着，许多游客都买了苞谷粒喂鸽子，一时间被那么多鸟类"围攻"，我有些惊慌。旁边的小

伊谷 | 艺术的行囊

朋友放了几粒苞谷在头顶上,他的父亲手举相机在远处等着,等鸽子飞来的那一瞬间按下快门。小男孩静静等着,微笑地等着。

在斯卡拉歌剧院欣赏完歌剧,沿着曼佐尼街向东北走,会来到Museo Poldi Pezzoli(波尔迪·佩佐利博物馆)⁽¹⁾。

这是一家欧洲典型的"家藏式博物馆"。主人是吉安·贾科莫·波尔迪·佩佐利。在继承了父母留下的丰厚财富后,他继续发扬家族的艺术收藏,将公寓装饰成了一座宫殿般的博物馆,两层的房子被分隔成20多个房间,每个房间都按照不同年代和艺术风格装饰,巴洛克式、洛可可式、中世纪时期等,给米兰留下了珍贵的记忆。走在绘画、壁毯、家具、挂钟、青铜像、宝石甚至武器中间,可以从15世纪一直游历到19世纪,让人沉浸在文化穿越之旅中。

戏院、古宅、宫殿……服饰里的语言也是真挚的表达之一,也许是受歌剧文化影响,感觉米兰设计师都有着一颗热烈的戏剧心,他们做的衣服,有故事情节、有戏剧张力、有表达诉求,将之比作"静态的电影"都不为过。Giorgio Armani先生在年轻时,疯狂爱上戏剧和电影,那时便种下一颗电影梦的种子,决定要跟世界上最伟大的电影制造商和演员合作。他说:"如果当年没有成为服装设计师,我现在应该会是一位导演。"米兰的时尚就是这样一种故事性的存在,也能从路人的服饰搭配中看到"戏剧冲突",可以随时随地开启戏剧化的度假模式:印花裙、棉麻阔腿裤、领口敞开的白衬衫、硕大金色项链、张扬的领带和鞋子……自信的体态和面容仿佛在说:"我们就是不一样的烟火。"

文化的沉淀背后是致命的魅力,米兰平静的外表下埋藏着无限的创意与进取心,它也总是那个凝聚着无数眷恋与憧憬的地方,带给世人光芒。

(1) 米兰波尔迪·佩佐利博物馆是欧洲一家典型的"家藏式博物馆",主要藏品有波拉依维罗的《女性的肖像》、波提切利的《圣母子》。

威尼斯
月光酿成的诗

"水的温柔与神秘"

夏天的威尼斯，不断涌进讲着不同语言的游客们，从火车站出来，坐上开往老城中心的船，熟练得好像并不是异乡人。

到达威尼斯时恰好是正午，在8月热情饱满的阳光下，威尼斯像一块镶嵌在湛蓝宝石中的红色玛瑙。

威尼斯城没有汽车通行，除了坐船便是步行，与中国的江南水乡如出一辙，"贡多拉"相当于中国古代的画舫游船。水中的城市像一个巨大的水上舞台，建筑街巷是天然的布景，游客和居民的故事在这里上演，水的温柔与神秘更是增添了故事的魅力。

初见威尼斯，就能感受到它骨子里的华美和精致，但这种精致与日本不同，威尼斯铺陈雕琢得太满，是另外一种想象空间和美感。

在威尼斯住的民宿可以追溯到14世纪，当年这栋建筑的拥有者是一位威尼斯"渔商"，现在所用的家具是17世纪留下的。面对斑驳的地板和陈旧的人物肖像画，像走进悬疑剧场。

如今的房东是位犹太人，在威尼斯运河上，他一边开着船，一边讲着威尼斯城的商业故事、威尼斯人的精明和从前的繁荣时代……船轻轻地划过夕阳下的运河，浪花拍打着岸边的老房子，柔和的波浪声和神圣的教堂钟声交织在一起，时光仿佛静止。

威尼斯有很多地方值得探索，比如Burano、Murano、Lido[1]这几个特色小岛。我们从威尼斯本岛坐"水上巴士"出发，40多分钟后便到了Burano。大街小巷的艳丽色彩让人感受到明快欢乐的氛围，运河两侧的彩色房屋连绵起伏在眼前展开，因此这里也被称为彩色岛。Burano曾是一个宁静安详的小渔村，据说把房屋刷成彩色和当年的瘟疫分不开关系，当时如果家里有人患病，病人需要在自己的房子外面涂上白色的石灰粉来"消毒"，而没有生病的家庭，就会涂上彩色的外墙说明自己全家健康。

[1] 意大利威尼斯的三个小岛，Burano（布拉诺）以色彩斑斓的房子闻名，当地特色是手工蕾丝和抽纱制品；Murano（穆拉诺）曾为欧洲玻璃器皿制造中心，盛产玻璃工艺品；Lido（利多岛）是威尼斯电影节的举办地，度假胜地。

威尼斯像一个嵌满宝石的音乐盒，一打开就会有许多精彩的故事。一百二十多年前的意大利，在国王翁贝托一世与王后玛格丽塔的婚礼大典期间，威尼斯市政府为了向国王与王后献礼，于是在一群知识分子的推动下，将全世界的艺术家邀请到威尼斯城东，在亚得里亚海边的"绿堡花园"举办了一场浩大的艺术盛宴，后来它成为全球盛大的艺术活动之一，那就是一直延续至今的La Biennale di Venezia（威尼斯双年展）[1]，后来也形成了威尼斯电影节与双年展的完整机制。

[1] 威尼斯双年展在奇数年为艺术双年展，在偶数年为建筑双年展，展览一般分为国家馆与主题馆两部分，主要展览艺术、建筑、戏剧、舞蹈、音乐、电影。威尼斯电影节是威尼斯双年展的一部分。

这座城,像永不散场的艺术盛宴,人们在这里漫步,找到心之所属。我喜欢威尼斯古根海姆艺术馆,在这里,竟然偶遇了几个月前纽约古根海姆相同的展览。

古根海姆家族在威尼斯的艺术馆被命名为Peggy Guggenheim Collection(佩吉·古根海姆收藏馆),Peggy是本杰明[1]的女儿佩吉·古根海姆[2],也是纽约古根海姆博物馆创始人Solomon(所罗门·古根海姆)的侄女。

Peggy女士年轻时热爱艺术、游历欧洲,藏品几乎全面覆盖20世纪欧洲和美国的各个重要流派和艺术家之作。在她81岁逝世后,她的名字与她的收藏在威尼斯大运河岸边的古根海姆美术馆永远留存于世,在这间她居住了三十多年的故居,大约有300多件精致的艺术品完好地留存在各个房间中,沐浴在威尼斯的浪漫气息和游人们的目光中。

古根海姆收藏馆的信息量巨大,看完展在花园餐厅喝杯咖啡,再搭船去往附近的威尼斯学院美术馆感受威尼斯画派。船在运河上行驶着,沐浴在落日的余晖中,两旁的古建筑像是内心光彩夺目的智慧之人。身在这个曾经征服大海、拥有无尽财富的梦幻之城,很快就明白了乔尔乔内和提香笔下的威尼斯画派为何生动细腻、绚丽浓郁。

---

(1) 本杰明·古根海姆(1865年10月26日~1912年4月15日),美国商人、世界著名的管道大亨,1912年4月15日,乘坐泰坦尼克号回美国时,在沉船事故中丧生。

(2) 佩吉·古根海姆,用父亲在海难中留给她的50万美元遗产,在战火纷飞的年代冒险进行收藏,并以独特的眼光发掘和赞助了许多艺术家,是一位充满传奇的女艺术赞助人,女收藏家,于1979年逝世。

威尼斯佩吉·古根海姆收藏馆

威尼斯佩吉·古根海姆收藏馆户外装置

威尼斯运河

如果说一个地方的风景与艺术作品给人带来丰富的视觉盛宴，那么音乐是让人沦陷的最后一道防线。

　　如今的威尼斯已经很难找到昔日奢靡的贵族气息，但为了满足游客的幻想，还保留了一些小型歌剧和古典音乐会的表演。

　　在威尼斯的古典会堂里听一场音乐会，古典的室内陈设、历史悠久的壁画和雅致的四重奏中，演员们身着华丽贵族戏服演奏着维瓦尔弟的音乐，将听众带回到18世纪的威尼斯。这个成立于1996年的古典乐团，演出方式颇为特别，是全世界唯一一支身着巴洛克式华丽服饰固定活跃在演出舞台的乐团。

　　欣赏一次注重细节的音乐会，像一次穿越时空的旅行。从走进会堂的瞬间，工作人员的戏服就让人开始沉浸，好像真的进入了威尼斯海上共和国时期的宴会。

　　音乐会散场，意犹未尽，仿佛能通过广场上街头艺人的提琴声寻觅到叹息桥上的叹息，顺着街巷间的足音，索性幻想自己戴着面具，去假面舞会上邂逅梦中的爱人。

　　夜幕降临，城中的昏黄街灯将光滑的小路染成暗金色，老城里空空荡荡。穿梭在夜晚的小巷，时而发现优雅孤傲的小猫，时而听见窸窸窣窣的酒瓶声和运河上船互相撞击的声音。

　　吹着海风，月光洒在港口的海面，像梦境般，泛着银色的光。

翡冷翠
仰望星空的使命

"From the stars, we can see the past"

在文艺节目主持的工作里,有幸与文艺复兴诗人但丁的后裔Sperello教授相识,后来便和他成了笔友,常以电子邮件的方式交流。在2018年的夏天,我与家人计划了意大利之行。一列Frecciarossa[1]将我们从威尼斯带到了佛罗伦萨,车站外,Sperello早已开车来等我们。

穿梭在古老的城,姜黄色的墙面与砖红色的屋顶错落有致,主教堂粉绿相间的花砖别致浪漫,达·芬奇、但丁、米开朗基罗、波提切利的精神伴随着花香弥漫在城市的各个角落。我喜欢徐志摩称这座城为"翡冷翠",比"佛罗伦萨"更有韵味,也更贴近意大利语发音,并且它的确像一块珍贵的翡翠,镶嵌在意大利中部的群山与河水间。

很快就到了Sperello一家在市区的公寓,走进这栋极具历史感的建筑,电梯只能容纳一个箱子和一个人。到了公寓,一扇斑驳又高大厚实的木门打开后,一个温馨又文艺的落脚处映入眼帘:玄关处的陈设精巧,所有家具都带有怀旧的色调,米黄色的沙发与墙上的画相互辉映,书柜里的书与欧洲工艺品呈现无比和谐的视觉效果。虽然老城的房子略显岁月的痕迹,但整个空间的设计仍然经典,回味无穷。8月的意大利,不论天气还是人,都更加热烈,行李都还没收拾,Sperello就拉着我介绍书柜照片上的家人们,拿出自己老家酿好的白葡萄酒,兴致勃勃地和我们说着这几天的计划。

圣母百花大教堂

午饭时间,我们在路边吃了一家只有当地人才熟知的小餐厅,品尝了非常地道的Mozzarella(马苏里拉奶酪)[2]。餐厅非常不

(1) 意大利高速列车"红箭"。
(2) 意大利南部坎帕尼亚和那不勒斯产的一种淡味奶酪。

起眼，窄窄的店面上方挂着类似烟熏肉一类的食材，像极了广州的烧腊小店，不论是"花城"称号还是人们对"吃"的态度，翡冷翠和广州非常相似。

　　沿街散步，来到城市中心的大教堂。基本上意大利的每座城市都有Piazza del Duomo（大教堂广场），每个城市的Duomo（主教堂）像一杯Espresso（意式特浓咖啡），具备文化厚度和文明结晶的大教堂，能让人快速品味到一座城的精神气质，甚至有些"上头"。

佛罗伦萨圣母百花大教堂

在参观之前，Sperello先带我们在教堂旁的博物馆了解圣母百花大教堂的历史和建筑结构。教堂的每一扇门、每一处壁画、天顶落成的曲折历史、中世纪的诵经乐谱都令人叹为观止。

乌菲兹美术馆

老城的韵味，需要慢慢品。穿过古老的桥，漫步河边，这个每几百米就能遇到博物馆和文化场所的历史古城，让人直接迷失在人文艺术的天堂。路上，Sperello不断讲述着美第奇家族对佛罗伦萨以及文艺复兴的重要影响。许多主要楼宇都曾经是美第奇家族办公的地方，尤其是被长廊连起来的主建筑，这便是当时美第奇家族为了方便自己从宅邸步行至办公地点所建造的通道。

再次近距离感受文艺复兴时期的绘画与雕塑，在这个独特的时空下显得更加丰满。在达·芬奇、米开朗基罗、拉斐尔等大师的作品下感受到真切的人性光辉，优美又有力量。误解古典精神是过时的、无聊的也许是一种偏见，实际上，它富有朝气，行云流水一般自由自在，在表达和谐典雅之美的背后是艺术家们无可替代的天赋。在丰富的叙事层次与扎实的绘画技法之间平衡的美感，不禁会想到一句话："天才是做最简单的事情时会投入最大精力的人。"

一边看画，一边与Sperello有了很多有趣的讨论，比如：西方古典绘画中的内容大多是宗教题材，"天使报信"是圣经中的一个经典故事，在乌菲兹美术馆就看到了许多不同版本的"天使报信"，圣母玛利亚的表情也随着时间的推移，从严肃克制到慈爱开明，从中能看出不同时代的思想与审美风格。

Sperello指着波提切利的《春》说："这位画中的花神与我太

太年轻时非常像。"这一类古典美类型的美女,一定是Sperello教授年少时的女神,皮肤白皙、身材均匀,最好眼神里还带着一丝忧郁。

　　古典绘画的魅力在于,用笔简洁有力又饱满,一切造型给人的感觉都是崇高伟大的。从《春》这里向右转便可看到那幅鼎鼎有名的《维纳斯的诞生》,颜色和场景更为敞亮,更加感受到在那个时代,艺术家对人性美的崇尚,对美好的向往。

　　这个被美第奇家族打上深刻烙印的地方、文艺复兴的发源地,艺术家的手稿仿佛在眼前一卷卷展开,老城的工匠们在日夜

交替中辛勤工作。城中的建筑、桥边不息的河流、甚至是教堂的钟声，好像都还闪耀着那个时代的独特光芒。

在旅行中，走进艺术是深度了解当地文化的有效方法。在真正感受了意大利的魅力之后，也许才会明白，为何这个国家会出现如此多的时尚、设计大师，为何各行各业的人们都需要来到此地找寻艺术的气息。

阿切特里天文台

开着车从佛罗伦萨市区往半山走，道路两旁的树很茂盛，午后的阳光已赶走早晨的阴雨，意大利的盛夏，是灿烂又多变的，像艺术家飞跃的思绪。午后阳光渐渐从云层中钻出，透过街道旁的树林，十分迷人，经过美第奇家族的庄园，沿着一小段上坡路，就到了Sperello先生工作的地方——Arcetri（阿切特里）天文台。

Sperello是一位天文学家，如今已退休。曾经的工作日都在Arcetri天文台做研究、写论文，周末开车回佩鲁贾。他说，太太常和他开玩笑："不用着急去上班，那些星星会等着你！"他兴奋地和我说，最近有一颗以他的名字命名的行星，我们一边参观天文台实验室里的巨型天文望远镜，一边感叹仰望星空的工作里蕴藏了许多美好与活力。

天文台里有一架爱因斯坦的钢琴，二战期间，欧洲大批犹太人逃往美国，爱因斯坦与妹妹将钢琴留给了在意大利的朋友，阴差阳错下，钢琴便一直摆放在这个天文台的图书馆，让人不禁想探索科学家的文艺之心，以及科学与艺术千丝万缕的联系与背后的哲思。

从图书馆走向大露台的花园，有一个小型的户外罗马剧场，与花园植物相衬的是各类行星的雕塑作品，它们在逆光中变得更加神秘，似乎能感受到这里凝聚了无穷的智慧和宇宙的爱。

Sperello最让我印象深刻的经历，是和一群朋友骑摩托车从罗马到北京，从欧洲大陆穿越丝绸之路，经过新疆喀什、青海、陕西等地一路到北京。他说那次骑行是难忘的回忆，在那一个月里，他们看到了非同寻常的风景。那台摩托车，如今他还会骑着上班，或是直接骑回佩鲁贾。

夕阳的朦胧，是每个城市展现迷人姿态的时刻。半山腰上米开朗基罗广场的落日，是每个游人都向往的风景，也是Sperello每天上下班都会骑摩托车路过的。我们活腻了的场景也许是别人梦寐以求的瞬间，所以，向外走时，也别忘了停下来看看身边最美好的风景和可爱的人啊。

Sperello虽与我年龄和文化背景相差甚远，但是我们有一个共同点：对世界的好奇。因为喜爱看星星，儿时的我对天文产生了浓厚的兴趣。冥冥中，与天文学家Sperello教授成了"忘年之交"，某种意义上也让我遇见了过去的自己。

伴着夕阳，回到公寓吃晚餐，Sperello家的厨房是我最喜欢的地方，因为餐桌上方悬挂餐具的圆形架子像是一个太阳系。每个人都是一个小宇宙，一间厨房也是一个小宇宙，在这个小宇宙里，是和家人分享温馨和快乐的地方，这也是天文学家的生活美学吧。

在享用Risotto（意大利拌饭）和自家酿制的白葡萄酒的简单晚餐后，我们又上山散步，夜晚9点，山脚下露天酒吧坐满了消暑、聊天的人们。手握意式冰激凌，吹着夏夜的风，趁着温柔的夜色往山上走。途经一个古罗马剧场，演员们正在进行意大利文的诗朗诵，朦胧的夜色与浪漫的声音交汇在一起，梦幻美丽。

在半山腰欣赏夜色下的翡冷翠，Sperello开始教我们认星星，那天正是难得一遇的星象：火星、土星、木星在同一片夜空里清晰可见，他又接着说："From the stars, we can see the past."（了解星星，能让我们了解过去。）这让我想起，但丁的《神曲》全诗三篇——《地狱》《炼狱》《天堂》，每篇最后也都以"群星"（Stelle）一词结束。我想，这些所见所闻都在提示着我们，每一个人都有仰望星空的使命吧。

充满诗意的话语中，不禁联想：此时肉眼看到的星光来自遥远的过去，也许星星的那一头也正在遥望这个"未来的我"呢。

旅行情景小剧场

扫码玩转意大利的夏天
Summertime in Italy

锡耶纳
答案在时间里

"只有我们自己能决定这一生怎么过"

旅行中突如其来的决定，会让人兴奋无比。在佛罗伦萨用完午餐，我们临时决定，去Perugia（佩鲁贾）的途中，看一看托斯卡纳南部历史上著名的Siena（锡耶纳）。

开车驰骋在著名的葡萄酒生产大区，与热爱美食、美酒的意大利人，总是有聊不完的话题，路过田野、村庄，Sperello都要介绍一番，其中比较有名的是Chianti Classico（经典基安蒂）[1]，午后的阳光洒在托斯卡纳的大地上，车窗外的田园有一种丰盛醇美的喜悦，一路向南，风仿佛是金色的。

一个多小时之后，抵达锡耶纳。车从高速驶入城郊马路，再缓缓进入通往城内的小路，看着越来越近的城门，好像已经有了中世纪的神秘气氛。锡耶纳是一个独特的地方，这座城连接着北部意大利与南边的罗马。近千年前，锡耶纳与佛罗伦萨是历史上对峙无数次的两座城，锡耶纳不仅与佛罗伦萨的教皇派敌对，在文化、经济等方面也明争暗斗。认识一座城的方法有很多，可以漫无目的地穿梭于城市的小巷，感受流淌在街道、楼宇间的生活气息，也可以走进城市的教堂，迷失在历史与艺术的交错中。

锡耶纳大教堂与佛罗伦萨百花大教堂，并称托斯卡纳大区的双子星，同样是哥特风格，感觉锡耶纳教堂的内饰更加标新立异。矗立在这里的锡耶纳大教堂，好似遥望着佛罗伦萨的圣母百花大教堂，风格鲜明，不甘其后，任岁月流逝。虽然历史上锡耶纳最后在与佛罗伦萨的斗争中失败，但如今靠近它，骨子里仍有一种云淡风轻的贵气。教堂正面的墙面是白粉相间的大理石，明媚的阳光让教堂的主窗如镜面一般敞亮，无法想象如此古老的建筑竟然散发着现代气息。走进教堂，地砖与大理石柱的纹路都暗藏着当时锡耶纳的先锋精神，两边最抢眼的是明暗两色相间的石柱，深色部分是锡耶纳地区独有的大理石。深绿色大理石的阵阵

[1] 一款在意大利托斯卡纳生产的红葡萄酒。

寒意,甚至会让人联想到黑死病时期的恐惧。

在大理石铺就的几十余幅地砖画中,"母狼哺乳双子"的图腾与南边的罗马遥相呼应,传说哥哥创下罗马盛世,弟弟建都锡耶纳。虽说罗马是"狼城",但狼的图案和形象却在锡耶纳的大街小巷更常见。走过梦幻的罗马西班牙广场,也体会过唯美的米兰大教堂广场,但在锡耶纳看到如足球场般大的"贝壳广场"非常震撼。为何叫"贝壳广场",只因为它是不多见的"下沉式"广场,两边高、中间低,正如贝壳镶嵌在城中。一家家餐厅和咖啡馆将广场围成一圈,下沉的广场上随处可见席地而坐的游客。

据说,锡耶纳是提拉米苏的起源地。相传古时有一位锡耶纳士兵即将奔赴战场,可是家徒四壁,妻子为了给他准备干粮,把家里所有能找出来的饼干、面包、咖啡一层层叠上去,做成了一个糕点,取名为Tiramisu(提拉米苏),字面意思也是"带我走"。在广场上闲逛,浅橘色的建筑在阴凉处也有几分咖啡色的光泽,整个城也好似一块Tiramisu,甜点背后的动人故事,让风吹过的"贝壳广场"也有一丝苦涩中的甜美。

在黑暗的中世纪里,欧洲陷入了倒退,整个社会一潭死水,诗人但丁便发出对"人间炼狱"的反抗,而千年之后,他的后代Sperello成为仰望星空的天文学家。时代在变,不变的是对真理的追求。记得当时与Sperello教授在论坛上,有位观众现场提问:"身为名人的后代,是否会感到压力,有没有无法超越前人的焦虑。"他回答:"最终决定你人生的人,是你自己。"

正所谓"阳光下没有新鲜事",在时间的长河里,人类的悲欢离合大抵相似,我们在各自的故事中,都可以看到"自己"。活着,也许就是不要刻意去追寻意义,只要知道死亡意味着什么,可能才真正开始懂得生命的意义。

锡耶纳贝壳广场

锡耶纳大教堂内部

锡耶纳大教堂

佩鲁贾
美的栖居

"认真生活的痕迹"

从佛罗伦萨路过锡耶纳,朝东南方向行车,一路驰骋在蔚蓝的天空下,高速路旁的田野郁郁葱葱。当车驶入村庄的石子小道,经过山丘起伏的郊野,我便意识到,但丁家族的故居——Villa Aureli应该不远了。它位于翁布里亚大区的中心,临近佩鲁贾古城,幽静的郊外环境、古朴的家族庄园,是贴近意大利田园诗意的最佳打开方式。

但丁故居Villa Aureli

艾略特[1]说:"莎士比亚所展示的,是人类情感的至广,但丁所展示的,是人类情感的至高和至深。"这个古老庄园的历史可以追溯到16世纪,仿佛一个巨人,俯身与我说话。如今庄园的主人就是Sperello教授,他将庄园改造成家庭别墅与民宿两个部分,一栋自用,另一栋对外开放,都以古老的艺术品、绘画、古董家具等珍品装点,最特别的地方是陶瓷铺成地板,与墙壁和天花板的设计相辉映,并且这些陶瓷地板都是在意大利南部城市那不勒斯制作完成的。虽然民居庄园不如宫殿般华丽,但在修建精致的园林上也能找到巴洛克风格的影子。别墅大院里的一棵棵柠檬树也生动有趣,甚至还出品了Villa Aureli牌的柠檬酒。我最喜欢的地方是游泳池,它并不在后院;而是在主花园的正前方,色彩鲜艳的夏日泳池能望向远处优美的山丘,一时间竟想起了大卫·霍克尼的经典画作。Sperello教授的女儿Laura姐姐就在这样浪漫的花园里举办了婚礼,在这里度过的假日,就像走进电影 *Call Me By Your Name*。

现在教授已经从佛罗伦萨的阿切特里天文台退休,大部分时间与妻子Carla一起生活在佩鲁贾的郊外别墅,女儿Laura、女婿

(1) 托马斯·斯特尔那斯·艾略特(Thomas Stearns Eliot,1888~1965)英国诗人、剧作家和文学批评家。英国诗人、剧作家和文学批评家。

Jacob在周末会回到郊外陪伴他们。Laura与Jacob育有一子,名叫Ettore。Ettore长得敦实可爱,和Laura一样有深邃的目光和浓密的睫毛,意大利人的肢体语言,也非常丰富。

在Villa Aureli后院的大树下,大家围坐在长桌前,喝着柠檬酒,吹着傍晚的风,一边晚餐一边聊天。在与中国田园风貌相差甚远的意大利乡村,竟然也有"故人具鸡黍,邀我至田家。绿树村边合,青山郭外斜"的感觉。这里也有许多来度假的游客,参观民宿楼,风格古典、雅致,在任何一间寓所,客人都能看到庄园的景色。通往书房的空间陈列了许多古董与艺术品,甚至还有中国风的瓷器。书房可以说是民宿的公共图书馆区域,书架上的书古老又厚重,随手取下一本翻开看,发现是13世纪的书籍,这感觉好像住在魔法学校。

教授说,他曾在荷兰工作了4年,在德国工作了6年,现在从天文台退休后还闲不下来,除了张罗庄园里的民宿,还会坚持写文章,偶尔满世界开讲座。坚韧且富有创造力的人,不管走到哪,都会让自己的生活"开出花来"。

在Villa Aureli住的几天里,我觉得自己也变成了意大利乡村女孩,跟着意大利家人们准备午餐,和英国来的朋友聊天,院子里的金毛狗趴在脚边,家里的小朋友们坐在一起画画,轻松的气氛和新鲜的食物,让人很快放松下来。从田野里到餐桌上,新鲜的鸡蛋、藜麦、自制的马苏里拉奶酪、自酿白葡萄酒……到处都是认真生活的痕迹。

但丁故居 Villa Aureli（建筑一角）

但丁故居 Villa Aureli（意大利儿童）

伊谷 | 艺术的行囊

但丁故居 Villa Aureli（室内）

但丁故居 Villa Aureli（花园）

山城阿西西

在佩鲁贾古城附近，苏巴修山的西侧，有一个中世纪时期建立的小镇Assisi（阿西西），是San Francesco(圣方济各)的出生地。

圣方济各出生于一个富商家庭，他在青年时期参加战争后开始思考生命的真正意义，于是，他告别一切回到阿西西城，在山林里隐修，过着亲近自然的简朴生活。之后，他投身宗教，如今我们看到的阿西西圣方济各大教堂非常朴素，洁白、简朴的教堂在连绵起伏的山间无比神圣。

在位于半山腰的大教堂里，有许多艺术杰作。因为在圣方济各的推动下，神不再是高高在上的，而是存在于大自然中的，并以温暖美好的故事来影响众生。他去世之后，很多事迹被艺术家创作在壁画上，其中乔托的作品尤为突出，是文艺复兴时期特别有代表性的画作。

阿西西与佩鲁贾相比，更具有艺术气息。老房子都是石头建造而成的，每家窗户外都点缀着鲜花和绿植，靠近马路的小阳台上开满了五颜六色的藤蔓小花，路上也总是能偶遇可爱的猫咪。

在欧洲的城市中旅行，很少迷路，因为在四通八达的小路上总是能走到市中心，万一真的迷路，就找主教堂，总会有一条路通往中心广场。

离开阿西西，Sperello开始带着我们上山俯瞰整个中部地区，从山上往下望，将风景绝美的翁布里亚收入眼底，一切都变得开阔起来。

阿西西圣方济各大教堂

佩鲁贾的诗意

佩鲁贾是一个盛产巧克力的地方，在这里的时光，也像巧克力那样醇厚甜美。某天晚餐后，我们坐车到了佩鲁贾古城，这也是一个可以追溯到中世纪的历史文化小镇。伴着晚餐酒的微醺，来到一个新的地方，像在梦中闯进孤独的异乡。因为小城的游客很少，主广场上的人们都坐在台阶上乘凉，酒吧、餐厅的人们闲适自在，感觉我是唯一闯入的异乡人。拾阶而上，走进主教堂随意找了个位置，里面正巧有两位艺术家在演奏管风琴，高大的教堂让音乐听起来像是来自悠远的过去又或者是遥远的未来。

由于罗马人征服了伊特拉斯坎古联邦，统治了近千年，整个佩鲁贾古城几乎保留着"前罗马时代"的文明古迹，建筑物大多建立在崎岖的丘陵上，城邦外面一共有5条主道路通向城外，道路狭长而陡峭。

佩鲁贾的中心广场坐落着古老的马焦雷喷泉，这座意大利中世纪雕塑上雕刻着古代不同的职业，一共50个浮雕和24座雕像，下部的池子浮雕描绘了十二星座、中世纪的七种自由艺术、圣经以及古罗马故事。上部的池子是由二十四块板组成，板之间是由寓言、宗教和历史人物雕像相隔。两个池子中矗立有由三位代表女神（信仰、希望、仁爱）共举的青铜杯。喷泉一直运转至今，跨越了几个世纪的流水，不紧不慢，在握不住的时间中，寻找一种永恒。

从市中心往外走一共有5条主路可以出城，市中心处于山顶的位置，易守难攻。在古罗马人的统治下，13世纪时佩鲁贾的经济曾经盛极一时，这里也建造了很多独具一格的建筑，同时也拥有许多珍贵的壁画，但后来又遭遇战争，大多数作品被洗劫一空，不过建筑依然保持着中世纪时期的样貌。

夏日的夜晚,走在古城石板路上,感觉它在时光流逝中不动声色地散发着迷人的魅力,怡然自得。走上古城墙,从高处望去,看着临近城市的灯火,仿佛置身在一座孤独的古堡。

在佩鲁贾的时光里,乡野间的徒步最令人难忘。走过向日葵田、烟草田……随手摘下路边田野里的桑葚果,咬下去,唇齿间带着清甜的阳光味道。

意大利人,有善于表达与表演的基因。古罗马讲究修辞,重视公共生活和演讲,在田野间的诗朗诵、在饭桌上的交谈,都让我感受到他们的表演天赋。在小溪边停下休息时,意大利朋友们开始用意大利语朗诵诗歌。

这一幕让我想到一部法国电影 *Le Grand Bain*(《大浴场》),教练在野外训练游泳队员的体能,比赛的日子越来越近,大家都很焦虑和疲倦,撑不下去的时候,教练开始在溪水边给队员们朗诵诗歌。诗歌可以让人与人对话,也可以让人与自己对话。当你累了,以诗意或审美内观自己,总有一种动力。

人生的路上,如果累了,就停下来"唱唱歌"吧。停下脚步,确认方向,找回初心。"远方"并不远,可能就藏在有烟火气息的当下。生活有无数焦虑和苟且,有时我们觉得无力改变现状,但快乐的密码,就在容易忽视的日常中。

离开Villa Aureli的那天早上,我写了一幅中国书法"上善若水"送给Sperello教授一家,阳光像第一天来的时候一样灿烂,花园充满生机。离开意大利之后,教授常在邮件里讲述他们的近况,也许下一次再见到"意大利家人们",又是一段难忘的时光。

佩鲁贾田园风光

从罗马到梵蒂冈
一次文艺复兴的穿越

"仰望苍穹与寻找内心的倒影"

对于城市气质的把握,我常常有许多联想。如果说巴黎是一位温柔优雅的女士,那么罗马就是壮硕英气的男子汉,这是行走中最直观的感受。在文艺复兴的故乡意大利,古典艺术带来的是富有朝气、雄浑有力的美感。漫步在佛罗伦萨的美术馆或罗马的街头,不管是一张张经典名画,还是随处可见的雕塑与建筑,都充满人性光辉的力量,高贵的单纯与静穆的伟大。

在欧洲游历的教堂数不胜数,栩栩如生的壁画与厚重的历史沉淀,常常让我震撼于人类的创造力与文明的力量。

西方古典艺术最讲究的是天赋,擅长古典绘画的奇才,往往也是天才,例如达·芬奇,他一生的成就也许相当于好几个人的一生。除了画家的身份,他还是雕刻家、建筑师、音乐家、数学家、工程师、发明家、解剖学家、地质学家、制图师、植物学家和作家。将他比作"斜杠青年"都有些草率,他更是一个博学者,有着不可遏制的好奇心与无比强大的创造力。

达·芬奇说:"根据眼睛的实际经验和判断而无所用心地着手描绘的画家,是和镜子差不多,镜子模仿了站在他面前的全部事物,可是并没有理解事物。"他的眼睛,可以透视到万物本质。

达·芬奇很早就将焦点透视的规律融汇到每幅作品里,这也能清晰地看出他超越常人的洞察力,对自然科学探索的痴迷以及对自然主义的坚信,甚至在二维的画中表达出了三维的视角。

记得在米兰的城市中心,恰巧遇到达·芬奇主题的特展,内容非常丰富,涵盖了达·芬奇一生的发明创造和艺术成果,在这个"莱昂纳多的世界",虽然展览里的模型是经由专业人士的研究复制而成,但还是令人惊叹:为什么他能做这么多事情。展览中除了绘画,更有他研究发明的机械、武器、乐器,等等。因为禁止拍照,所以只能在展厅里细细品味,久久不愿离开,看着他组织研究设计的飞行器，想起他曾经说过的一句话："你只要尝试过飞翔，日后就算走路时也会时常仰望天空，因为那是你曾经到过，并渴望再回去的地方。"对苍穹的仰望，让艺术家、科学家，在人文、自然的探索中不断前进，也许在如今全球航线发达的情况下，这些飞行器的功能不值一提，但正是因为这些敢想、敢创造的人，人类文明才会在历史进程中不断向前。令人叹为观止的是他发明的武器与乐器，有一组武器与乐器的构造大致相似，但构造目的不同，也有了不同功能。也许暴力与温柔都可以征服对方，使用什么方式便取决于你自己。"Learn how to see. Realize that everything connects to everything else."（学习如何观看。意识到事物之间都是互相关联的。）万事万物都相关联，细心观察、全身心投入生活中，许多有趣的创造灵感便"不请自来"。

说到文艺复兴,也离不开一个关乎权力与信仰的城市——梵蒂冈城。在罗马西北角的高地,全球领土最小、人口最少的城邦国家梵蒂冈,圣彼得大教堂前的广场上,阳光照射中的喷泉闪亮着光,盛夏的风吹过,面对眼前的宏伟建筑与雕塑,在这样一个戒备森严的城邦、全球天主教的中心,内心的敬畏感油然而生。

徒步顺着教堂楼梯攀上最顶楼,俯瞰整个梵蒂冈。望着整齐的房屋以及对称的广场,甚至还能感受到尤里乌斯二世当时的权威。在欧洲的各种教堂里、博物馆里,大部分古典艺术的主题都与宗教故事有关,宗教与艺术是人类文明的结晶,至今依然光彩夺目。在梵蒂冈博物馆,不得不提与达·芬奇并称"文艺复兴大师"的米开朗基罗,他的西斯廷天顶壁画堪称旷世之作。

如果说达·芬奇擅长捕捉瞬间的细节,那么米开朗基罗擅长的就是刻画人物肌理线条。于是,总有人爱开玩笑说,米开朗基罗是"肌肉控",人体的雄浑有力被他表达得淋漓尽致。

米开朗基罗为什么爱肌肉?因为文艺复兴时期流行肌肉发达⋯⋯简单来讲,刚从黑暗中世纪走出来的病弱的欧洲人,忽然发现老祖宗(古希腊、古罗马)雕塑里的身材都很棒,所以文艺复兴就来了,开始发现与歌颂人性的美。

每天清晨,当梵蒂冈博物馆的大门打开,成千上万的人们专程来到西斯廷礼拜堂,膜拜这幅天才之作。进入西斯廷的人们,无一不对这幅辉煌杰作目不转睛。但罕有人知的是,这幅杰作是计划外的事后之得。当初礼拜堂建成之时,四壁就绘满了恢宏的壁画。但天顶却仅仅是以星空简单装饰。三十年后,教皇尤里乌斯二世决定要为天顶创作一幅新作品,他将这个任务交给了米开朗基罗,在当时,这位艺术家还没有成为闻名遐迩的画家,他仅仅只是个雕刻人像的后起之秀,西斯廷天顶的面积有两个篮球场那么大，但这个改造任务却仅仅花费了米开朗基罗四年的时间。这位缺乏经验的天才画家是如何在这么短的时间里完成天顶壁画的呢？500年后，梵蒂冈博物馆的工作人员修缮壁画，终于有机会揭开博物馆的秘密。修缮工作让人们对他的绘画技法又有了进一步的研究，古典壁画的技法远看我们往往只能得到大致的感受，只有近看，才能清楚这些步骤留下的痕迹。

梵蒂冈圣彼得大教堂

梵蒂冈博物馆旋转楼梯

梵蒂冈博物馆楼顶

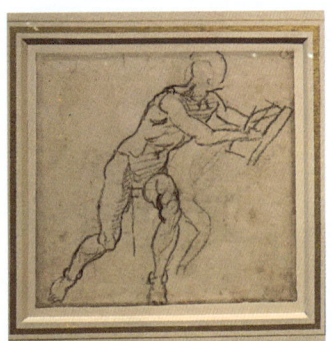

关于这幅举世无双的壁画，我前几年曾有幸在纽约大都会博物馆遇上了米开朗基罗的回顾展，展览上不仅回顾了米开朗基罗的生平作品，更是展出了许多珍贵的手稿，其中，西斯廷天顶壁画是一个详细介绍的部分。

画中最大幅的部分达到20英尺（6.096米），米开朗基罗不会不打草稿就随意描画，所以每幅画都由一幅速写开始，这便是草图。当时壁画的方法有一种叫扑粉转印法，是将草图转印到墙壁上的方法，人们会在图案边缘扎很多小洞，再用一个装满碳粉的纸包，沿孔拍打草图，在墙上拓印出来后，再描摹成完整的壁画。

近距离观看这些珍贵的手稿，那种极致又迷人的线条与泛黄的纸张碰撞出一种浅浅的神秘感，一种微妙与素雅缠绕在笔触之间。笔墨间的美，不仅在意大利古代的素描中，中国古典绘画所重视的笔墨也有相似的地方。触动人心的作品，不自觉地都会透露出一种仙气。

但是年迈的教皇想在去世之前看到天顶的杰作，这给米开朗基罗很大的压力。所以他直接用刀代替了碳粉拓印，他将素描线稿直接用刀刻在了墙上，这是一种更有效率的方法。在之后修缮时能看到整个天顶遍布这些刀刻的痕迹。

教皇对米开朗基罗施压，但他自身的压力远远超过偶尔被一位愤怒的教皇追打，每天有十八小时待在梯架上，每周工作七天，时不时还会有颜料滴进眼睛，他把四年的辛劳写进了一首打油诗：
"喉颈喘气像肥鸽，肚皮空悬似口袋，胡子指向天花板，脑汁掉进后脑勺"。

如今，我们抬头欣赏时，也能折服于它完美的透视效果。也许因为他是位雕塑家出身的画家，他创作中的空间感，使得天顶壁画看起来像是三维的。哪怕墙面有不同的倾斜度，他都能在上面妙笔生花，创造出生动的三维效果。他在当年这样有限的条件下颠覆了绘画技法的常态，当时看到这幅画的人们也许就像我们第一次看3D影片《阿凡达》时一样。

漫步在罗马、佛罗伦萨、梵蒂冈、巴黎甚至纽约，文艺复兴时期的杰出艺术作品在不同时空中都一如既往地散发着光芒，也有越来越多的人在旅行中慕名去寻找文明的踪迹、艺术的珍品。在看了达·芬奇与米开朗基罗甚至许多艺术家的作品后，除了惊叹他们的天赋，我经常会通过作品，感动于他们坚定的决心、旺盛的体力以及勤奋。

在纽约大都会艺术博物馆中，近距离观看米开朗基罗细腻的手稿，再回想到西斯廷礼拜堂壁画的栩栩如生，在他不知疲倦的创作之中，让世人发现两件重要的事：仰望苍穹与寻找内心的倒映。这也是艺术创作、艺术审美能带给我们的感知，就如黑格尔所说："在艺术作品中各民族留下了他们的最丰富的见解和思想；美的艺术对于了解哲理和宗教而言往往是一把钥匙。艺术所要满足的是一种较高的需要，有时甚至是最高的、绝对的需要，因为艺术是和整个时代与整个民族的一般世界观和宗教旨趣联系在一起的。"

艺术品凝聚了人类精神的结晶，它是人们观世界、观内心的一个窗口，也在时间的沉淀下滋养人的精神世界，开启人们不同于现实世界的新天地。并且，有时艺术呈现的真实，可能比现实世界更接近真实。

那不勒斯
野性之美

"自由与不羁"

　　港口是充满故事的地方，欧洲的港口城市别有一番风情，海岸边的古迹、船只，总让人不禁想：从古至今，在悠长的岁月里，这里来了一批又一批的旅人，从很远的地方来、又要到很远的地方去。

　　去那不勒斯，完全是旅行中的突发奇想，刚好待在罗马，离那儿不远，所以特意从行程中抽出一天去看看。没想到即便只是短暂的相遇，也已经喜欢上了这里。

　　在意大利有个说法："朝至那不勒斯，夕死可矣。"这个意大利南部最大的城市、披萨的发源地，有真实可爱、温柔细腻的一面。

　　以脚步丈量欧洲城市是非常合适的方式，城市中许多地方都可以步行到达，随性的行走中，能发现更多的乐趣。

　　那不勒斯的气质，是如此特别。出火车站后，凭着感觉往那不勒斯湾走，城中的景色一开始是杂乱无章的，没有佛罗伦萨的古典美感，没有米兰的浪漫气息，广场上有一些无家可归的难民，旅人们行色匆匆。阳光之下，每个人的生命都有许多未知要去接纳和探索……

　　越往城市中心走，楼宇的密集度也越来越高，不那么宽敞的街巷里总有一些别致的小汽车停靠在路边。古老的城中心，许多石室阁楼围成一个个天井，在炎热的意大利盛夏，是绝佳避暑之地。有一些阁楼被改造成了画廊或工艺品商店，露台植物在斑驳陆离的建筑群中散发出一片生机。在街边的甜品店，尝一口加了朗姆酒的蛋糕，即刻感受到意大利南方人骨子里的热情与甜美。

　　那不勒斯一年四季阳光普照，人们生性开朗率真、喜爱歌唱，充满阳光和快乐的城市也留下许多传遍世界的经典音乐。这里也是二战中受空袭最多的城市，经历了苦难后的明朗与潇洒，是生命真正的魅力。临近那不勒斯的西西里岛是美丽迷人而又个性十足的地方，整个意大利南部也都充满了自由与不羁的气息，温柔的风里都有一丝叛逆。

在走过喧闹的街区之后，穿过市中心的Piazza del Plebiscito（普雷比席特广场）[1]，模仿罗马万神殿而建的保罗圣方济教堂庄严壮观，两旁呈弧形，长廊耸立着一排排巨柱，加上广场中央查理三世骑马的雕像，那不勒斯从不羁变得宏伟起来。

《孤独星球》曾经这样评价这里——"那不勒斯是一个法律失效的城市，在这里不成文的规定要比明确的规范重要得多，因为真理是刻板的，现实则复杂得多，那不勒斯的荣誉高于一切。历史中心是黑暗拥挤的狄更斯式街区，却也保存着壮丽的宫殿和辉煌的巴洛克建筑。"

走过广场之后，海边就不远了，Castel dell' Ovo[2]在那不勒斯海湾边静静矗立着，海湾、城堡、船只和夕阳……民歌Santa Lucia（《桑塔·露琪亚》）仿佛就在耳边响起。海湾边停靠着一只只白色游艇，热情的夕阳下海水是碧蓝的，在海的那一边，遥遥望着维苏威火山。

那不勒斯，是可以在一天里步行完的城市，穿过穷街陋巷，路过豪华酒店，看遍人间百态。巷子里摆地摊的人、皮具店的手艺人、海鲜餐厅里的情侣……在傍晚宁静的海湾和鲁特琴的音乐声里，忍不住赞叹这样一个丰富多元、生机勃勃的地方。

野性的浪漫，就是那不勒斯的气质。你能感受到这里的人们，是如何真实地表达热爱。也许没有太多的华丽宫殿、纸醉金迷的生活或是至高无上的权力，但面朝海湾的这一份自由，又有哪里可以比得上呢？欲望之下，皆是囚徒。身心自由，在风雨中豁达着，野蛮生长着，就是那不勒斯最迷人的地方吧。

[1] 位于那不勒斯市中心，是一个漫步旅游的胜地。
[2] 蛋堡，又名奥沃城堡，是那不勒斯最古老的城堡，有着两千多年的历史。传说公元前6世纪建立城堡的时候被巫师放置了一枚鸡蛋，如果鸡蛋破碎，城堡便会随即消失，而且还会给那不勒斯带来灾难。这个传说为城市增添了浓厚的神秘色彩。

第三章
北非|灵魂的颜色

Chapter 3
North Africa
The Color
of the Soul

北非｜
灵魂的颜色

North Africa
The Color
of the Soul

> 一片自然风景是一个心灵的世界。没有心灵的映射，便没有美。
>
> ——伊谷

非洲文化艺术中炽烈、真挚的表达影响着现代艺术的发展，越纯粹往往越能激发对未来的想象。比如，爵士乐、爵士舞就起源于非洲，毕加索创作《亚威农少女》的灵感也是来自非洲……这片土地的原始力量和大自然，是艺术家提取丰富表现力的地方。行走在非洲大地，也是对生命本真的探索、对人类文明的追根溯源。

早在摩洛哥成为网红目的地之前，法国野兽派画家马蒂斯就进行了一系列的创作。曲曲绕绕的街巷与错乱无章的分岔口让智能导航都无能为力，这种神秘反而让人念念不忘。

从香港途经土耳其转机，飞到卡萨布兰卡。在历经了20多个小时的奔波与等待之后，终于到达了这片与西班牙隔海相望，充满浓厚的欧洲遗风、又具备浓郁的阿拉伯风情的北非大地，这里既有山脉、海岸、沙漠等多重自然景观，又有独特的历史文明。

摩洛哥位于非洲最北部的边缘，虽然这个国家有着干热的气候，但它却有着丰富饱满的色彩。大西洋岸边的白色之城卡萨布兰卡、阿特拉斯山脚下赭红的马拉喀什、里夫山谷间的蓝色小镇舍夫沙万以及神秘宝蓝的马约尔花园、梦幻金色的撒哈拉沙漠……北非的灿烂阳光与强烈色彩，打开了我的双眼，心灵也随之绽放。

卡萨布兰卡
繁华过后的圣洁与恬静

"对世界的理解和内心的宽恕"

因为一部1942年的经典电影《卡萨布兰卡》，一直对这个大西洋沿岸的北非城市心生向往，文艺作品总能让一个地方变得更加迷人。走出陈旧的机场，坐上出租车，看到荒凉的窗外风景以及成片的白色房子，都像是一帧帧电影里的画面。

透过车窗，只见路边生长着高大的棕榈树，宽大的叶子在风中摇曳，阳光透过枝叶洒在大街上，一片度假风情尽收眼底。很难想象，这里在15世纪是北非柏柏尔族的一个小渔村。到了18世纪末，当西班牙人历经艰辛的海上航行到达这里，对着成群的白色房子情不自禁地高呼："Casablanca! Casablanca!"（西班牙语"白色的房子"）于是从那时起，这个地名便沿用至今。

当出租车停在一栋白色外墙配以黑色铸铁围栏的房子前，便到了我们在卡萨布兰卡的落脚处。

酒店大堂被百合的清香包围着，空间设计很特别，红毯楼梯与扶手雕花相配，一种复古气息扑面而来，正沉浸在墙上的黑白电影剧照里，突然走来一位着装讲究、身材高大的工作人员，送来了传统摩洛哥甜茶。可能是因为辗转奔波二十多个小时的疲倦，再加上遥远国度带来的新鲜感，一时间觉得有些恍惚，好像现实与梦境交织在了一起。

我们到访的时间正是穆斯林斋月，这座有名的港口城市并不喧闹。汽车、摩托车、行人各自穿梭着，宽阔的商街与破旧的老屋并存，居民土楼上的衣服密密麻麻地挂晾着，垃圾场和生活街区的界限并不明显，墙上的涂鸦是看不懂的阿拉伯语，偶尔还有海鸥从头顶飞过，马路上的小男孩旁若无人地踢着球……好像打开了"赛博朋克"游戏中的"北非模式"。

电影《卡萨布兰卡》中有个咖啡馆名叫Rick's Café（里克咖啡馆），虽然这家咖啡馆是虚构出来的，但卡萨布兰卡有一间真实的里克咖啡馆,仿造电影里的场景建成。咖啡馆的设计是现代简约与传统摩洛哥风情的结合,简洁的几何形地砖、色彩斑斓的摩洛哥铜灯、阿拉伯建筑的经典天井与阁楼间的绿植相互辉映。白天时,明亮时尚,傍晚时,自然光与室内的暖光融为一体,将餐桌和美食渲染得沉静优美、朦胧温和。

顺着楼梯上二楼,看到一间装潢和陈设非常复古的会客厅,电视上循环播放着电影《卡萨布兰卡》。整个餐厅和真实的城市街景有一种疏离感,如同造梦师的作品,将人们对卡萨布兰卡的憧憬和向往提炼、浓缩到了这里。

蔚蓝的大西洋在哈桑二世清真寺边轻轻低语,寺庙建筑的海边围栏上,坐着虔诚的信徒、游客,他们有的朝着大海眺望、有的低头沉思,仿佛内心的千言万语与海洋汇在一起、围绕着心中的圣殿。哈桑二世清真寺是伊斯兰教第三大清真寺,也是世界上现代化程度最高的清真寺,为庆祝前国王六十大寿而兴建,是唯一对外国人开放的清真寺。建筑面积2公顷(2万平方米),长200米,宽100米,屋顶可以开启关闭,25扇门全部由钛合金铸成,可以抵抗海水腐蚀。

斋月的宁静,让具有神秘感的城市更加深邃。走在空旷的哈桑二世清真寺广场,微风拂过,一切在北非浓烈的阳光下反而更加深沉,心也随之静下来,能听见潮水和人声的繁华,也能听见飞鸟划过天空、风吹过走廊的圣洁与恬静。或许每一个人都被命运所驱逐,但每个人都在兜兜转转中最终回归了平淡,那些不言而喻的美,也许就是对世界的理解和内心的宽恕吧。

卡萨布兰卡 Rick's Café（里克咖啡馆）

马拉喀什
艺术家的灵感乐园

"创造一种生活"

在贯穿摩洛哥的阿特拉斯山脚下，有颗"南方的珍珠"——马拉喀什。在当地柏柏尔族的语言里，"Marrakech"的意思是"上帝的故乡"。这个建于公元11世纪、至今已有近一千年历史的故都，旧名就叫"摩洛哥城"，摩洛哥的国名也是源自于此。

马拉喀什附近都是富含铁元素的红色土地，因此无论王宫、老城民居还是度假酒店，建筑的颜色都以红褐色调为主。赭红色泥墙的老城、远处的大漠、阿拉伯风格的音乐、喧闹而富有生活气息的市集、来来往往戴头巾或面纱的马拉喀什女人……整个人都笼罩在一种古老又神秘的气氛中。

在摩洛哥，几乎每个城市都由老城（Medina）和新城组成。两城之间隔着一道围墙，可场面却是大相径庭。老城里是狭窄破旧的小巷、店铺，新城则是现代化都市。

要感受原汁原味的摩洛哥，当然选择迷失在老城。走在错综复杂的街道，挤进只能容身一人的手工艺品商店，与穿白袍的柏柏尔人商贩讨价还价，依靠不同的店铺和斑驳墙壁来辨别走过的路，一切都是那么新鲜有趣。

艺术与摩洛哥

老城里有许多民宿都是由Riad（传统摩洛哥建筑）改建而成，它们都藏在一条条狭窄的巷子里，看似平淡无奇，进去后才发现建筑内部别有洞天，呈回字形结构的庭院好像让人进入了一千零一夜的世界。

在马拉喀什古城住的民宿，是一对欧洲夫妇设计与经营的。庭院空间结构、家居色调、光线与植物都巧妙地契合，香薰、环境音乐、艺术品等也都颇为讲究。每天在纷繁复杂的市集回到这里：民宿管家的法语问候、从天井泄下来的月光、庭院里的玫瑰花、耳边潺潺的流水声……让人感觉回归到了温柔的堡垒，仿佛回到远古时期，又好像穿越到了未来。

马拉喀什民宿

北非 | 灵魂的颜色

马拉喀什浑然天成的艺术气息，让人脑海里不停地浮现法国画家马蒂斯的作品。1912年，马蒂斯离开巴黎，同夫人一起踏上他向往已久的摩洛哥，游览了七个月。在这期间，马蒂斯所积累的异域风情和自然素材反复体现在他的画作里。

在琳琅满目的视觉冲击下，感受到的除了摩洛哥的张力，还能体会到一种野蛮生长的力量，这是一种原始的、贴近自然的力量。摩洛哥的经历让马蒂斯对亮色系的运用变得大胆而张扬，他在古城拐角的暗影与高窗的视角里捕捉阳光，在画布上用狂热的色彩诉说着自由。他喜爱用大量暖色调使画面更加饱满，但他的用色并不是绝对的高调，不会让观者被"灼伤"。暖色中巧妙地点缀着一些冷色，像收放自如的音符和情绪，令人陶醉。

这幅《戴帽的妇人》里，窗外的风景艳丽奔放，女人的脸也被映照得五颜六色，但却并不会让人感到突兀，反而充满感染力，给人留下无尽的想象空间。品味画作，鲜艳色调中却有一种沉稳和纯粹。

置身摩洛哥的马蒂斯，找到了创作灵感与能量，自然风景的纯净质朴、小城的丰富明丽，这些无限生机在他的色彩撞击中体现得淋漓尽致。鲜艳的阿拉伯挂毯、缤纷的花朵和炽烈的阳光都成了画作中的经典元素，他的笔触仿佛被净化，少了很多不安和躁动。更有趣的是，摩洛哥系列的画作比马蒂斯"野兽派"时期的作品更为直白、单纯。

（上）马蒂斯《戴帽的妇人》，旧金山现代艺术博物馆

（下）马蒂斯《在室内阅读的女孩》纽约现代艺术博物馆

灵感的花园

在马拉喀什这座魅力无限的红色之城中,有一处与当地色调"格格不入"的花园——马约尔花园(伊夫·圣罗兰花园)。

这座占地12公顷的植物花园,最初是由法国著名设计师Jacques Majorelle(雅克·马约尔)在20世纪20至30年代设计建成,在1947年对外开放,从1980年开始,由Yves Saint Laurent(伊夫·圣罗兰,简称:YSL)所有。

在YSL之前,这里是Majorelle(马约尔)的私人别墅。马拉喀什灼眼的阳光与不可思议的黑夜俘获了他的心,他也在旅行中悟到了如何运用"光线"进行绝妙的创作,机缘巧合下,马约尔花园便诞生了。他从世界各地收集了100多种仙人掌,在这里建造了仙人掌园、藤蔓长廊、莲花池塘、竹林小径,在气候炎热的北非营造了一个秘境。这些各处旅行带回来的奇花异草,集合了马约尔近半世纪的行走记忆,被精心地栽培在庭院中,马约尔花园在时空交汇下,已经是一件珍贵的艺术品。

花园里的别墅是一座极具魅力的建筑,高饱和度的蓝色与黄色在绿丛中若隐若现。这种令人眼前一亮的蓝,提取自撒哈拉沙漠的植物,这个世界就是这么神奇,干涸的黄沙孕育着如此明艳的蓝。如今这种蓝色也拥有了它的专属名称:马约尔蓝。

在马约尔的不断创造和极致的审美下,花园的别墅成了一个令人向往的艺术圣殿,马约尔蓝的艳丽墙面和明黄色的阿拉伯风格门窗,自由奔放的植物园林和北非元素的现代居所,都让人念念不忘。

马约尔是一位执着的艺术家,这座倾注了他10余年心血打造的花园,几乎花费了他所有的积蓄。1947年,马约尔不得已开放了花园的部分区域供参观，以便养活自己的梦想。1961年，资金困难的马约尔在万般无奈下，最终将花园出售，而他也于次年离开人世。到了1980年，马约尔花园迎来了他的第二位主人——Yves Saint Laurent（伊夫·圣罗兰），这里成了圣罗兰先生的第二故乡，更是他的设计灵感来源。2008年，圣罗兰离世，长眠于仙境般的花园内。

如今，别墅已改建成艺术博物馆，向游人展览圣罗兰先生的个人艺术藏品、摩洛哥的历史文化展品等，充满艺术气息的花园依旧富有生命力和无尽的想象空间。马约尔曾说："围墙内的缤纷与绿色是我最好的作品，它们辉煌而和谐。"圣罗兰也曾说："我要使他成为最美的花园，就像马约尔希望的那样。"

这座珍贵的艺术花园，不仅因为它历经了两位艺术家长达60年的完善和创作，最重要的是，它是日日夜夜陪伴着他们的创意灵感庇护所。

马拉喀什圣罗兰花园

撒哈拉沙漠
遥远的呼唤

"越纯粹越生动"

在网上订了沙漠帐篷旅馆，司机一早来马拉喀什接我们，开车一路向东，翻山越岭，路上偶遇好莱坞制作基地，不禁脑补了那些沙漠戈壁场景的大片。撒哈拉沙漠是世界上最大的沙漠，它是危险的、也是美丽的，一路穿越了戈壁和绵延不绝的沙丘之后，一个独特的营地出现在夕阳的余晖中。

这是传统柏柏尔人的游牧帐篷，夜幕临近，帐篷边的铜质镂空地灯亮起来，在逐渐变暗的天空下十分梦幻，晚霞和空气中的氛围也变得不寻常了起来。本以为沙漠居住条件会非常简陋，但走进帐篷，度假风的室内陈设和精巧可爱的浴室令人惊喜，虽是沙漠边的帐篷群，但设计规划也如酒店般，设置了大堂、餐厅，用餐区可以眺望到远处沙丘的壮丽景观，营地边也有供大家围坐的篝火，尝试找一找柏柏尔人当年的聚居生活，奔波一天的疲倦马上就散去了。

沙漠的气候比较极端，白天气温特别高，不适宜待在帐篷，更不适宜外出活动，于是营地的人带我们去附近的村庄，听特色音乐或在现代餐厅里休息，等太阳下山时，再回到营地。尽管避开了最热的时间，但还能感受到帐篷的闷热。傍晚的时候，和营地骆驼队一起出发，可以在晚饭前骑着骆驼到不远处的沙丘上看日落。

坐在骆驼上，带骆驼队的非洲小伙走在前面，向沙漠深处前进，这时候的阳光已经缓缓下山，骆驼队的影子在沙丘上被拉长，沿路的植被越来越少，沙漠的颜色也越来越耀眼。

沙丘在夕阳下是浓郁的橙黄色，大面积的耀眼让人有些兴奋，下骆驼后，迅速地爬上高高的沙丘，站在顶端眺望着更远的沙丘，真宽阔啊，这样宏伟的沙漠，也只有撒哈拉才有了。

正值穆斯林斋月，太阳下山时，领队北非小伙已经一天没进食，看他的样子已有些疲惫，坐在沙丘上的他问："现在几点钟"，我告诉他，"7点29分"。然后，他看着我的手机，等到时间真正跳到7点30分才把自己的水杯打开喝，内心坚定无比。

在撒哈拉沙漠令人叹为观止的自然景观中，人类有多渺小啊！和他聊天才知道，他正在上中学，从来没离开过这个地方，也非常想去中国看一看，开朗的他向我们展示，怎样像滚雪球一样从沙丘上滚下去，尽管他从来没见过雪，也抑制不了那双阳光积极的眼睛。

在沙漠的夜晚，大家吃完晚饭，都跑出来围到篝火前跟着营地的朋友们跳舞唱歌，在月明风清的沙漠中，游人围坐，灯火可亲。柏柏尔人是热爱音乐和诗歌的族群，他们演奏着传统乐器、唱着歌，篝火中的脸庞是那么幸福和满足。

沙漠里的月亮特别亮，为了能看得更清晰，我找到了一个离篝火远的高地，躺在沙滩椅上。除了不远处唱歌的声音，只听得见耳边呼啸的风声，看着沙漠星夜，这一刻的景象让思绪一下子飘到外太空，一下又好像能穿越回远古时期，仿佛可以倾听过去的古老故事或遥远星球传来的吟唱。以想象力去感受大自然，是一种能让人放松的状态，创作中，也需要这样的尽力感受和打开自己。

质朴和简单在纷繁复杂的社会中是珍贵的东西，越纯粹的事物也越生动，这种直指事物本质的力量，是我们不断修行的目的。在艺术中，也能更贴近自然、贴近生命的本质。每当看到至美的景象或作品，便会受到时空的鼓舞与感动，也是关照内心和不断前进的动力。

旅行情景小剧场

扫码抵达撒哈拉沙漠
The Sahara

欣赏撒哈拉沙漠区域柏柏尔族的民间音乐，艺术是对自然、对生命的洞悉与表达。

不同的地方孕育着不同的创作源泉，在极具感染力的歌舞中，感受时光的流逝，艺术的永恒。

菲斯
人间烟火

"街角的明亮眼神"

从撒哈拉沙漠一路开车到菲斯古城（Fès Médina），民宿管家早已在城门口等待，他接过所有行李，将大包小包放进一个木质推车，便领着我们进城了。和沙漠营地的司机告别后，又走在陌生的街巷，像是武侠小说里的主人公——历经千辛万苦终于来到了一个新的落脚地。

城门入口是一座古老高大的布日卢蓝门，走进城门，就进入了一个喧闹繁盛的世界。最难能可贵的是：老城17公里长的城墙保护得基本完好，运货的毛驴在狭窄的古巷肆意行走……甚至这里还依旧保留着中世纪的生活细节。

古城名在阿拉伯语里意为"金色斧子"，也有"肥美土地"的意思。作为阿拉伯人的聚居区，有着深厚的宗教、传统文化根基，1981年被联合国教科文组织指定为"世界文化遗产"保护地区，世界重点文物紧急抢救项目。它不仅是摩洛哥的文化圣地，更是阿拉伯民族的精神所在地。

我们在菲斯入住的民宿改建于一个17世纪的宫殿，花砖和门窗有斑驳的岁月痕迹，阿拉伯特有的马赛克瓷砖和复杂的装饰……每一处精致，都透露着菲斯古城深厚的文化底蕴。

菲斯如迷宫一样有趣，对于习惯了现代化公寓、商业大楼生活的城市人来说，住到古城会有不一样的惊喜和不同角度的灵感。千年古城的历史和老百姓生活的长期积累，构成了各种文化的沉淀痕迹，值得在探索中细细品味。

菲斯迷宫的形成是由于当时没有城市规划的概念，大家都按照自己的需要，一栋接着一栋地建造下去。没有专门的马路，只要能同时通过两头驴就行，甚至很多小巷只能通过一头驴或者一个人。这种无序的城市规划，把菲斯城打造成了一个拥有12万多间房屋，3500多个作坊，9000多条巷道的城市。现在的菲

斯老城完全没有规则和方向，几乎找不到直路，三步一斜、五步一转，漫步老城，仿佛有一种跌落在旧时光里的感觉。

　　由于古城的房子太古老，很多楼房之间必须用木桩加固，相互支撑着，这样看过去，像一个超现实主义的艺术装置。古城里的房屋给人层峦叠嶂的感觉，也正因为这样曲折的布局，古城才散发着迷人的魅力。

　　自古以来，菲斯就是北非的商贸中心。往东，富庶东方的物产由中东不断运来；往南，驼铃声中阿拉伯商队跨越撒哈拉沙漠进入非洲；往北，则把货物运至丹吉尔，扬帆出航运往欧洲。

　　菲斯以皮革制造闻名，据说皮革厂露天的几百口大染缸都是使用了上千年的老古董，在工艺的传承中，依然保留着旧时的样子。在城中密集交织的Bazaar（巴扎）市集里，色彩斑斓的陶瓷、精细制作的皮革、厚重结实的地毯……都散发着人间烟火的魅力。

　　穿行在古今不变的数千条巷子中，土黄色的老墙带着古朴的历史沉淀感，耳边的异国语言、隐藏在长袍下的神秘面孔、琳琅满目的街巷，让人感到像是行走在别样的时空中，在街角偶遇的明亮眼神，仿佛是混沌人间中的天使信号。

舍夫沙万
蓝色的 N 种可能

"每一步都是风景"

舍夫沙万是摩洛哥西北部的一座小山城，有多小呢——前一天在城门遇到的出租车司机，第二天还会偶遇。二战期间，来避难的犹太移民把蓝色视为天空和天堂的颜色，认为能够得到上帝的庇护，于是陆陆续续将全镇的房子刷成了各种蓝色。北非阿拉伯异域风情的蓝色小镇就这么诞生了，犹太人粉刷房屋的原因众说纷纭，有人说是因为象征和平，有人说为了防蚊、驱蚊，有人说为了纳凉。如今回望历史，珍贵的留存总是因为美好的愿景。

这里的大部分房屋都被粉刷成了蓝色，门板、台阶、楼梯、窗台、花架、邮筒乃至所有目光能及的地方都是各种不同的层次分明的蓝：普鲁士蓝、群青、湖蓝、天蓝……整个城就像一颗蓝宝石镶嵌在连绵起伏的山峰中，光彩夺目。走进山间的蓝色秘境，好像被包围在无尽的蓝色中。这座古城在16世纪有过一段短暂的辉煌，当时舍夫沙万是一个独立的王国，但不到一百年就被摩洛哥打败，成为摩洛哥北部版图的一部分。到了19世纪，舍夫沙万成为宗教中心，在1920年被西班牙占领以前，这里不对任何外国人开放。经过种种故事的洗礼，蓝色小城还保有一份神秘感。

在舍夫沙万，随处可以遇见拿着画笔写生的人，连城中猫咪也变得比较有艺术气质。

从清晨到傍晚，光线的不同都让舍夫沙万散发着不同的迷人魅力，我喜欢傍晚的小镇，让人不由自主放慢脚步、放慢呼吸，倾听历史的脉搏。穿过厚实古老的拱形土门，脚踩斑驳的石板街，抬眼可见不远处阿拉伯古堡尖尖的塔顶，见到认真缝制摩洛哥传统长袍的工匠、往墙上涂抹蓝色油漆的男人……

舍夫沙万古城街头

百转千回的小巷里,暗藏着殊途同归的玄机,人生也是如此,只要一直走下去,总能走出一条道路。擦肩而过的人们,早已消失在下一个转角,蓦然回首,才发现每一步都是风景,随时随地都有柳暗花明般的惊喜扑面而来。

第四章
亚洲｜美无止境

Chapter 4
Asia
Endless
Beauty

亚洲 |
美无止境

Asia
Endless
Beauty

> 艺术带给人的不仅是美的享受，更是一种远望未来的方式。
>
> ——伊谷

或许你已经看过了许多繁华,但重复中有非常多新鲜有趣等待着我们去发现。就像同一个地方,在不同时间去,会有不一样的感受。在熟悉的地方,发现新的美好,与探索未知一样,都充满无限欣喜。

在旅行中发现艺术,是一种对生活的热情与信念。与不同的艺术领域对话,也是看待和了解世界与人生的不同方式。每一次展览、每一场剧目,都可以透过外在的"象"获得内在的"意",透过一个个故事和形态,直指我们的内心,这些或多或少都会让人察觉一些在日常生活中容易忽略的美好。艺术带给人的不仅是美的享受,更是一种远望未来的方式。

人生如同旅行,好奇和勇敢驱使着我们前进,在时间的流逝中,能够感知真正的美,已是足够幸运。在东京隅田川的夏日烟火大会的马路牙子边席地而坐;或一头扎进诗巴丹岛海域的风暴鱼群;在北海道小樽的厚厚积雪中打滚;或是在不同城市的辗转中发现有趣的文艺活动。人文、自然、艺术……身体和灵魂永远都在路上。世界的广度与深度超乎你的想象,而你自身的广度与深度也亟待探索。那么,就在每一次行走中,发现这个美的世界和内在的自己吧。

东京
艺术的前瞻与坚守

"艺术的律动是心的律动"

未来的呼唤

在六本木250米高空中的森美术馆,一边俯瞰整个繁华城市一边邂逅科技与艺术的展览,整个眼前的风景都焕然一新。

东京湾在严谨又高效的秩序中沉淀出一种沉静优雅的美,这座城总是让人有一种未来感。在港区灿若星河的霓虹灯与静静盛开的夜樱下,这些痕迹在时空中虽是片刻,但却有一种永恒。

所谓旅行,也不仅仅是物理空间意义上的移动,更是思想的远行。一场关于未来与艺术的展览,100多件关于未来生活的展品,从衣食住行到智能化的生活,艺术创作中所提出的构想,科研成果带来的便利,也许就能马上变成最前沿的设计,人类的未来生活也因此有了更多想象空间与可能性。

穿梭在不同的科技艺术装置前,这唾手可得的未来不禁让人兴奋起来。未来新型的建筑设计、环保又具有美感的居住环境、通过数据可视化而进行管理的新型城市样本……看到设计师提出的未来生活蓝图,科幻电影里的场景似乎正离我们越来越近。已经在阿姆斯特丹投入了使用的3D打印建筑;看起来像蒙古包的火星自动充气生存空间;能展示人类内部系统、以环保合成蛋白质所制成的智能服装;机器所创作的艺术作品;为适应未来生活所再造的人类身体器官……在一同探索世界的过程里,以设计和思考赋能未来,展览让我们看到不同领域的创作者都在思考什么,同样也让人感受到人类的内在美与生存的力量。

传统文化与丰富的时尚、艺术交融互生,渗透在整个城市前卫的呼吸中,这些不同的文化元素让她更立体、鲜活。明治神宫前的街头艺人、早稻田大学里的音乐社团,从欧洲歌剧到街边咖啡店的黑胶爵士乐,日本让人看到东方文化与西方文化的完美结合。

万物皆可被设计，在科技发达的今天，求真、求善、求美，仍然是我们的追求。最令人怦然心动的生活方式，就是回归到生命的本质。

旅行情景小剧场

扫码与东京连线
Calling from Tokyo

当下的诗意

早起随着上班的人群搭乘地铁，从一个展赶往下一个展，审美的修炼也不止于此。在东京港区的购物胜地表参道，整条大街都聚集着世界一线时尚品牌以及各类餐厅，在这条路上行走，本来就是一种美的享受，因为这里许多个性十足的建筑，都出自世界著名的建筑设计师之手，隈研吾设计的根津美术馆就坐落于东京表参道的十字路口旁。

原本这里是根津嘉一郎的旧居，2009年在隈研吾的主持下改建成了现在的模样。从马路对面看过去，建筑隐藏在一片竹林后面，只有在主入口处才能看到倾斜的屋顶。将喧闹的十字路口抛诸脑后，跟着建筑师的节奏，从低调的入口处，进入一个幽静的世界：一道长廊令人眼前一亮，竹墙、竹林与屋顶围成了一个特别的空间，在地灯的衬托下无比宁静，走进展厅前，就先被这充满禅意的空间洗涤了心灵。一切都简朴而又典雅，这样一座不被现代主义冷硬线条所束缚的建筑，自由而不张扬，永远冷静自持地矗立在这里。

在美术馆极为低调的灰黑色、银灰色为主的空间里，艺术品得以在展灯下聚焦，隈研吾用窗外的自然景观与室内的原木系材料来增添温暖，简朴中凸显自然趣味，正如他曾经说过：不走后现代主义的装饰点缀道路，而是在传统东方视觉中增加变异，创作出独特的现代主义建筑。

展馆后面是庭院，大面积的落地玻璃窗，使户外庭园景观映入眼帘，大厅的灯光有意识地设置得较暗，也有便于自然光线与庭院景观的呈现。从通透的落地窗向外望，自然风光与艺术品像是在演奏光影交响曲。

东京根津美术馆

初冬的东京常常有阵雨,最后剩下的一些红叶都落了,这样的枯木景象,正是Wabi-sabi(侘寂)之美,它是喧嚣中的世外桃源,是在繁华与宁静之间的留白,是内心与美学的一场对话。

在花园里散步,有一种"大隐隐于市"的悠然自得。此时已经是傍晚,冬日的晚霞转瞬即逝,园中并没有太多行人,只听得见清脆的溪流声、天空的乌鸦声、竹筒的添水声和我的脚步声……

在书道、茶道的展览中,细细品味禅意与诗意。书道艺术的美,在富有生命力的线条里,体会到书写中的"骨、筋、肉、血"。书写的用笔、结构、章法中,与音乐、舞蹈一样,需要营造行云流水的空间感与意境。

禅茶一味,生活的哲学与艺术的创作相通。首先,是让人学会了"观",专注当下。不管何时何事,专注与投入"当下"的瞬间无比重要,生活中,哪怕是在进行吃饭、洗衣这些微不足道的日常,也不能三心二意。创作中,更容易找到放空自己、修心的方式。专注于眼前的事,也许是我们一生的修行,就像武士道要求习武之人手脚身心与剑合一,才能真正达到"流露无碍"。

不论是笔触还是舞姿,习艺之人的精神都可以从中见到。书法是另一种形式的舞蹈,让我领略到许多舞动的灵感。不论在人生中坚持什么,在持续实践的过程中,都能体会到一种"翻越"的感觉,而这样的不断突破正是幸福感的来源之一。

艺术的创作必须要有扎实的技艺基本功支持,这就必须付出时间与心血,日复一日的练习。不论书法、舞蹈还是乐器演奏,若习艺之人的技能达到纯熟,不再被规则和技巧所牵绊,身心合二为一,那么艺术的律动便是心的律动。

当下产生的疑问也好、对未来的憧憬也好,答案其实就在眼前,我们且观且行吧。

东京根津美术馆

京都
生活美学

"耐人寻味的瞬间"

住在独栋的日式民宿,古朴的京都气息消解了路途的疲倦,让人更有欲望出门探索关于京都的一切。

天空的云层厚厚的、空气湿度也比较高,看样子还是有没落完的雨,小巷中时而有凉风,安静得可以听见从古寺传来的蛙鸣声。穿过"花见小路"向祇园靠近,街上的灯晕营造出一幅安然宁静的画面。从繁花盛开的季节,转变为绿叶令人耳目一新的夏季,可想而知红叶时节的京都也非常诱人。

虽然夏日的京都游客不算少,但从新干线车站出来,搭乘巴士到达中心区之后,仿佛大家就各自隐匿在了不同的区域,街上偶有行人但也出奇地安静,表妹总在我不经意间按下快门,静静享受着我们俩的时光。

在祇园的街上,有许多精致商店和小吃店。有一处与众不同的小店让我念念不忘。在街边的拱廊里,整个小店只有工作台,门口一位阿姨负责收银,另外两位负责制作。小店没有可以坐下的地方、更没有店名,客人买了就带走。如果不是人们在门口排成长长的队伍,我们大概也不会发现它。

这间店只做"竹签丸子"的和果子,用糯米做成的团子串在竹签上,先在炭火上慢慢加热,再裹上纯粹的黄豆粉与黑糖,最后用蒲叶包住。想来这也是为什么店内不用设置座位,在包裹好后带走的时间里,丸子的热气与黑糖、蒲叶产生反应,让清甜的糯米与蒲叶的香气完美融合。再慢慢打开享用,一口咬下去,糯米团子富有弹性和嚼劲,伴着蒲叶的清香,甜而不腻。这样朴实的吃法,让嘴里有凉风吹拂的风味,立即散播出盛夏的气息。生活中,最简单纯粹、耐心平和的事物,往往也最耐人寻味。

京都的夜晚很迷人,风拂过鸭川和祇园的灯火,在街头艺人的音乐声中,脑海里会幻想回到古代,京都艺伎婀娜的身影与修长的脖颈,在幽暗的光影里拨动心弦。

京都街头

第二天一早，我们换上了浴衣（夏季和服）去清水寺，天突然开始下起倾盆大雨，在街角咖啡香气里等雨停，忽然觉得这一幕似曾相识，想起冬天的北海道，穿着和服坐在出租车上，车窗外飞舞着大雪，季节的变化总是旅行的调味品。

如果在夏天来到京都，就必须抱着理所当然会下雨的觉悟，这么一来，就能撑着伞在通往清水寺的小路上悠闲漫步了。我和妹妹手挽手，穿着木屐踏在略有坡度的步行街，雨水滴滴答答，顺着伞流下、顺着屋檐和石坡流下，似乎也有一种能流进心里的魔力，让心在见到期待已久的清水寺之前，被沐浴。时间不早也不晚，在我们踏上清水寺门前的第一个台阶时，雨停了，这样的时刻，妙不可言。

雨后的清水寺在翠绿的山中显得更加诱人可爱，怡然中能听到蝉鸣和流水的声音。清水寺的"音羽瀑布"，也是一处名水。书上说，京都自古以水美著称，因为有丰富的好水，所以能做出好豆腐。从一方山水中体会一方人情，寺庙的屋宇、山林间的清泉、眼前所有的色彩都在我脑海中形成美妙的气场，进入了一片幽玄的世界。

清水寺上"地主神社"的那块闻名世界的"恋爱石"，许多人前来为良缘祈愿。动漫里清水舞台的浪漫场景和那种抑制不住嘴角上扬的样子，大概就是幸福的模样。

接着，我们去京都伏见稻荷大社，路上遇到了一位可爱的出租车司机老爷爷，计价器上方夹着他宠物猫的照片，等红灯的时候还拿出猫咪相册给我们看。他用简单的日文和手语一边比画一边说："要好好尊重和服，保持优雅"，就像在教自己的孙女那样。

京都伏见稻荷大社的千本鸟居是日本最为壮观的，形成了一条红色的隧道,神社前的"鸟居"在日本文化里代表着神域的入口,意思是穿过这道门就是神界了。回想起电影《艺伎回忆录》里,小千代欢快地从千本鸟居跑过,故事便从这里开始了。在承载着世人愿望的红色隧道,许愿也会倍感能量。

春天的京都,鸭川河面的樱花树枝,随风摇曳,花瓣缤纷飞舞,与澄澈的鸭川水流向远方;花谢之后,树木开始枝繁叶茂,准备迎接京都盛夏的阳光;秋天的红叶渐渐转红、冬天的蜡梅散发出甜美的香气,无论哪个季节,京都都美得像一幅画。

京都伏见稻荷大社

京都清水寺

镰仓
镜头里的诗句

"细水长流的幸福"

旅行中只要确定好每晚所停留的城市,预估出各个地方待的时间,其他的交给缘分会有更多乐趣。

从京都坐"新干线"到镰仓,要换乘几趟路线,最后到达"藤泽"站。藤泽站是离我们镰仓的民宿最近的车站,走下列车,站在新干线车站,阵阵凉风中,渐渐开始能闻到海的味道。

盛夏的海边小城,太平洋的风使她有别于关西的炎热。我们拖着箱子上了一辆巴士,望向窗外,这里不像京都和大阪那样到处是游客,街道安静得有些像冬天的札幌,只不过札幌的雪被夏天的风所代替。

下车后,看着Google Map(谷歌地图)上的路径,大概被街口的警察读出了一脸的迷茫,他望向我们,站在那里等候着我们的求助。穿戴整齐的制服、健康的小麦肤色,也许他在假期去了镰仓海边冲浪。

上前问路之后,他走进路边的警察站拿出一本地图,帮助我们辨认方向。镰仓的温柔,就藏在这些不经意的细节中,让人想在这里住上一阵。

按照地图的指引,来到一栋小别墅前,按响门铃后,一位朴素的妇人出现在眼前,她皮肤有些黑,说着一口流利的英文,好奇民宿门口为什么会挂着的英文与泰文的问候语,寒暄之后便得知,她是一位嫁到日本的泰籍美国人,丈夫是一位日本医生,他们在美国恋爱、在日本结婚。乐观活泼、善于交际的她,将别墅的一间客房改成了民宿。

房间里早已为我们三个女生准备好洗漱和就寝用品,又开车带我们去海边兜风,就像家中长辈一样。镰仓的气息,是细水长流的幸福。在东京生活、工作的人是幸运的,因为附近有许多从容的地方作伴,比如镰仓。

亚洲｜美无止境

在古代，镰仓曾经是政治中心，没落了一段时间后，江户时期通过旅游业的发展而兴起。现在这里是一个佛教文化繁荣的地方，从地图上密集的佛寺就能知道。

可能是镰仓的独特气质，这是一个与文学非常有缘分的地方，日本许多文豪都喜欢到这里创作，川端康成就在这里度过了他的后半生。许多文学作品、影视作品里的故事都发生在镰仓，《镰仓物语》《海街日记》，川端康成的《山音》就与镰仓有关。川端笔下的镰仓没有《镰仓物语》的奇妙温馨，也没有《灌篮高手》的青春热血，却以他独有的写作风格给这座城市染上了一抹哀伤又美丽的蓝色。

镰仓高德院的大佛，是仅次于奈良东大寺卢舍那佛像的日本第二大古佛像，这尊青铜铸造的阿弥陀佛坐像高11.3米，大概121吨。大佛内部为空心构造，可以从佛像背后底部进入参观。大佛慈悲的眉眼，与镰仓这个小城一样，温和、冷静、回味无穷。

从大佛往车站回走，搭乘著名的"江之电"列车经过小镇，成排的房屋与海边的景色映入眼帘。

在镰仓高校站前下车，仿佛灌篮高手的热血还在电车与海的氛围下萦绕，海边的微风和咸味的空气，金黄色的日落下冰凉的啤酒泡沫，随着夕阳西下，海浪声是天然的背景音乐，脑海里的影片是夏天的记忆。

镰仓和京都一样，似曾相识。因为都是住在日式老房子里，和两个妹妹一起睡在地上聊天，醒来洗漱好又给她们梳头，像极了是枝裕和的《海街日记》。看见清澈的海，耳边便响起电影片尾曲和姐妹们的喃喃细语。

在是枝裕和的镜头里，镰仓的画面极其温和，姐妹们一起生活的日常、镰仓的花、街道、海风、树木、酱菜、衣物等生活场景凝聚成浓郁的生活气息……仿佛是世界上最治愈的地方。再多的艰辛，只要还有这些美丽的事物，就能继续走下去。

在影片的最后，四姐妹漫步在沙滩上，聊起人生最后的时刻会回想起什么。二姐佳乃打趣说是男人和酒，大姐幸说是家里的走廊，妹妹小铃则说有很多。四人淡淡地对着话，往镜头远处走去，这时《落幕》缓缓响起，伴着渐小的海浪和嬉笑声，把影片轻轻地送到结尾。

生活的滋味会让旅行感受有更丰富的层次，也许下次再乘坐开往镰仓的"江之电"列车时，会比从前有更多的感受。

北海道
爱与创造

"倾听内心，珍惜当下"

飞向札幌的飞机，落地前的蓝天与白雪，明亮得让人没有任何睡意。刚到北海道新千岁机场，就看到很多背着滑雪板去滑雪的人，尽管不同的肤色，但脸上不约而同地喜悦。

札幌市区像温哥华，在主街道都能瞥见不远处的雪山，马路有时安静得只剩下汽车碾压积雪的声音和红绿灯计时的声音，仿佛下一秒能重逢故人。

日本电影《情书》里女主角在雪中一边奔跑一边放声大喊的独白。日式的优雅与委婉，常常给人一种悲凉的美。

因为这部电影，一直想去小樽看看。札幌离小樽不远，可以当天来回。坐上去小樽的火车，一路上路过的每一个站名都浪漫，眼望窗外，已分不清看到的是雪还是海，沿着海岸线行驶的列车摇摇晃晃，阳光洒满雪岸与海面，那一刻觉得时空变得微妙起来，好温柔的景，时间奏出的音乐像是仙女轻声细语的呼唤。车上乘客们或微闭双眼小憩或静静地坐着看风景，好像梦境中的魔幻列车，大家正满怀期待去往一个纯洁无瑕的秘境。

提前在"南小樽"这一站下车，慢慢在小樽散步到主街道，在小樽的钟塔上，钟声每敲响一次，心就越宁静。

塔可夫斯基在《雕刻时光》中提到："从某种意义上来说，日本人致力于在美学意义上把握时间。"及"从一定意义上来说，日本人'侘寂'的理想正是电影。"书中还有许多处地方直接将"侘寂"与"电影"联系在了一起。

艺术的创作，需要对生活纯净、精确、细致的观察。日本的"侘寂"美学，将精神同时间建立了不可分割的联系。这种精神也影响了沟口健二、黑泽明、小津安二郎等重要导演的电影创作，也使日本电影在世界文化中独树一帜，寂静而伟岸。

见过欧洲之巅被大雪覆盖的山峦，也见过北极圈被冰封的湖面，但像小樽这样温柔安宁的雪景，我是第一次见。安静的海边小镇，在大雪的衬托下仿佛更纯净了，时不时街道一隅又飘出八音盒旋律，像外表高冷的女神，骨子里却是温柔和可爱。

小樽街上的小画廊，里面陈列的是艺术家店主自己的作品，他独自一人坐在最里面的角落画画，和街道上兴奋的游客们相比，他仿佛在另一个世界，让人不忍心打扰创作，只想静静欣赏。走到河边的桥上，雪越下越大，但丝毫没有要离开的想法，小樽的雪好像是暖的一样。沿着小樽运河散步，在安静的港口眺望着飘落的雪与孤独的船，这一切都是那么神圣。

脚踩在小樽的积雪上，会让人想到电影《情书》里的配乐和片段，似乎能真切感知到那种小小的幸福与想念。洁白的雪花，漫无边际地从无色透明的天空飘落，美得无法言说。喜欢下雪，也喜欢雪花从空中缓缓落下的时刻，是一种安宁的幸福感。

这世上，关于爱情的存在方式，有无数种。或是像岩井俊二的电影《情书》里那样唯美遗憾；或是像川端康成的著作《伊豆的舞女》里那样纯真美好……不管故事怎样进展，不论结局如何，这个宁静的海边小镇好像有一种魔力，去让人倾听内心的声音和珍惜当下的一切。

仙本那
海的启示

"不确定的美"

在所有的潜水经历中,最喜爱仙本那的海域。搭飞机到马来西亚沙巴州斗湖机场,坐车再转乘海船便抵达仙本那马布岛。如果把一望无际的海域比作宇宙,这个位于马布岛的潜店就像是在一片碧蓝中的一个空间站,是潜水探险者们的休闲天堂,不在水里的时候,大家都在餐厅里补充能量,和朋友们谈论潜水。

马来西亚是一个信仰伊斯兰教的国家,在仙本那的那几天刚好是斋月,马布岛上听到清真寺传来的祷告声竟然唤起了我在北非旅行的回忆。眼前的景色差异如此之大,却有着同样的信仰。

学会拥抱恐惧与未知,是爱上潜水的理由。在不知不觉中潜到十多米,刚开始会有些不适应,沉着冷静下来后,忽然觉得水中不同于陆地上的嘈杂,更加安静自由,甚至感受到了海底世界的绚丽与温柔。很多事情都是这样,熟练之后,接下来就是把它变得更有趣更好玩。

仙本那是一个远离了网络的宁静世界,因为潜水时的生活很简单:吃饭、睡觉、潜水、聊潜水。当你在水下看到一个完全不同的世界,戴着氧气瓶只能专注于自己的呼吸,感受着水流、水温的变化……陆地生活的纷繁复杂都抛诸脑后,海底世界的孤独对喜欢潜水的人们来说正是一份珍贵的享受。和其他运动或者舞蹈一样,呼吸是非常重要的,直接关系到节奏。

在马布岛学完潜水,便可以出海前往诗巴丹岛海域。我们为了体验最佳潜水时间,在备好潜水装备和食物船只后,便在黎明时分静静地出发了。清晨,仙补那海域的风浪不小,船飞驰在一望无际的海面,在浪花中看日出,偶尔还有飞鱼跳出的惊喜。

每一次下潜的体验,都是独一无二的,每种生物都有自己存在的方式,这些都让人感受到世间万物的美妙以及加深对大自然的敬畏。大海是美丽的,但同时也是危险的,人生也是如此,如果想要看到最惊心动魄的壮丽景色,就需要具备探索未知的冒险精神。在向外探索的过程中,也是在探索自己的内心世界。

海洋深处,还保留着人类的记忆,在水中的感受是在追寻本真。在未知的海域下潜的感觉与"爱"的感觉类似,当你在一段感情当中,总会有不确定性或需要承受风险的时刻,在独立坚强的同时将内心最柔软的部分打开,才能真切感受到爱。

艺术创作的感受,也犹如潜水。水下的世界是自由的,村上春树在谈到创作小说时,曾说到"原创"的概念。他称自己的内容,产生于"自由"。创意的事物,来自有一颗善于发现的好奇心,和对未知与冒险的渴望。无论是面对舞台上的即兴表演,还是在写作中的遨游,都在努力找寻本真的自己,表达出内心。这一路上,我们都在找寻,而最大的收获,就是找到自己。

海底的世界是神秘的,甚至有点令人恐惧的,但海底的视角,提供了从另一个角度看世界的可能。在不同地方潜水,感觉都是不同的,垦丁的海底有许多五彩斑斓的小鱼;淡水湖里的水更冰凉,能见度相对海水不太高,更让人恐惧;甚至在跳水池练习时,天气的不同也会影响到练习的感受。

大自然的美是无限的,如果对美没有享用,人生其实不值得一过。虽然有时自然中的美、生命中的美,都带有危险性,但"不确定"其实是一种"迷人"的状态,它意味着无限的可能性。

在艺术与美中穿行

"审美心胸观世界"

北京

在烟雨朦胧的春日故宫,巧遇一场古朴典雅的瓷器展,汝窑清淡含蓄的色泽中,沉淀着雅致的时光;在蝉鸣的夏季,在胡同里邂逅一间隐蔽的酒吧,夜晚天井突然落下的雨滴浸入昏暗的空间,在灯光中像是流动的音符;在金色的京城之秋,一头扎进宋代青绿的千里江山图,沉醉于闪耀浓郁的笔墨;在鼓楼附近的胡同小院里,爬上屋顶,感受冬日暖阳下的柿子树、飞鸟和猫……北京的美,就藏在四季美好的细节中。

记得在一个深秋的黄昏,看完展,拖着又累又饿的身体,找到一间胡同里的涮羊肉老店,天色已经渐渐暗下来。走在安静的胡同里,有些像艺术展厅里调暗的灯光,每间房似乎是微弱聚灯下的艺术品,等着人们沉浸其中。

和朋友们围坐在铜锅前,屋内热腾腾的气氛,让深秋的凉意烟消云散,暖意让人从冰冷的世界抽离。回味寒风中的银杏叶和故宫展览中的优美书法,飘逸丰润、端庄秀丽,在古人的一笔一画中,不禁有些动容。

古人云:"笔迹者,界也;流美者,人也。"人们书写汉字,作为记录手段,具有文化交流、传播的实用价值,而在书写过程中对汉字进行艺术创作,又具有极其鲜明的艺术价值。从古人的书写中,我们看到世界、时间,和我们的生活。

与书法的美相比,舞蹈是我更喜欢的表达方式,在国家大剧院看完林怀民先生的现代舞作品《稻禾》,不禁又对自然多了几分敬畏。舞者们纯熟的肢体语言在客家民歌与西方歌剧的穿插中,表现出大地之美、人性之美,生生不息。生命与自然,已足够让人感动。我们每个人犹如微尘,在流动的时光中发展、消逝,每一个动作,每一个意象,都是发出对生命的思考。

如同线条优美的馆藏文物,舞者的生命之舞也仿佛让我们看到人生之美:一种绚烂之极归于平淡,无穷出清新的境界。行云流水的舞步轨迹如果以书法墨迹描绘,不同的情绪便造就出不同的气质。

不论是书法的行云流水,还是舞蹈的伸展平衡,其中都有许多相同的美学特性。书法与舞蹈都需要力的运动与平衡,一种是指腕对笔墨的控制,一种是身体的控制。如果说舞蹈是对人体动作、姿态的造型美化,那么,书法则是对其点画、姿态造型美化,一个通过人体,一个通过汉字,殊途同归。在书法与舞蹈的完成过程里,都能感受到生命节奏与旋律。宗白华先生在《美学散步》里说,中国的绘画、戏剧和书法,具有共同的特点,就是它们里面都贯穿着舞蹈的精神,由舞蹈的动作显示虚灵的空间。

广州

广州是我的第二故乡，因为这里充满了成长的回忆。

2014年4月的一天，当时我正在深圳主持文化访谈电视节目，休息间接到了王首程教授的电话，他说："有一个文艺类的讲演节目很适合你，可以去学习一下。"从那一刻起，便开始了与雅村的缘分。雅村是一个文化艺术公益普及系列节目，2014年5月25日，在广州图书馆负一层的小剧场开启了第一场文艺活动。在这之后，几乎每个周日下午，都呈现着不同的文化艺术讲演。

雅村的创办人李明华博士也是一位令人敬佩的师长，他在退休后创办了雅村，工作中，李老师儒雅的学者风范与智慧影响着团队的每一个人。刚进雅村时，李老师并没有在舞台表现和主持内容上过多限制，而是开了一个经典书籍目录，让我一边在书里汲取养分一边投身参与颇具创造性的艺术演出，这是成长中学习收获非常大的时光。

阿根廷作家博尔赫斯曾说："如果有天堂，那一定是图书馆的模样。"广州图书馆是我最喜爱的建筑之一，除了原本就极具设计感的整体造型，很大一部分原因是在这里的时光非常美好。当时珠江新城的街道还未像现在这样繁忙，许多建筑还在修建中。一切都是新的、闪烁着未来的光。

无论是在"开放包容，内外兼修"的粤剧艺术中感受南国风情，还是在优美的芭蕾艺术中，艺术家身上所散发出的专注气质让人如沐春风。参与一场戏的编排或融入一次音乐会的呈现，舞台上的时光总是匆匆又回味无穷。在这个舞台，留下了很多珍贵的回忆，508个座位常常座无虚席，在谈笑风生中有很多精彩的瞬间。由于从小学习音乐舞蹈，因此每次的舞台表现都将自己的感悟和理解融汇到其中，甚至根据不同的内容去搭配不同风格的服装。不断地试错与修炼，也对各类艺术领域再次探索与学习。

从低调严谨的戏曲大师到与风趣幽默的脱口秀嘉宾同台表演；从接触儒雅有度、诗心充盈的教授到内心狂野的音乐人；从古典乐的流派到经典文学的分享，从救场舞台的突发情况到与艺术家们共同演出……人生如舞台，只要灯光与音乐还在，就要学会融入并享受，就算偶尔失控，也是一种历练。有时，甚至能在失控的状态下，找到更好的表现方式与转机。

享受舞台的自由自在，甚至在其中找到更有趣的表达，例如有次交响乐团以排练的形式出现在舞台上，指挥老师一边指导乐团排练，一边与我探讨音乐与不同艺术，甚至科学的联系。观众们在轻松的排练氛围中观摩幕后状态，也更好地理解和欣赏。在艺术与科学的思想碰撞下，万事万物都有理、有情、有趣。

虽然每期的挑战和主题都在不停地变化着，但心中的定力从未变，就像在平日里练舞、练书法一样，"十世古今，不离当念"。做着自己热爱的事已经很幸福，专注地沉浸在其中更是幸福。也开始结合自己所学的专业，在这个舞台上跳舞、分享爵士舞和音乐剧的文化历史，当遇到相同志趣的朋友，内心总会涌动着欣喜。

有次采访中国台湾"新闻教父"郑贞铭教授，八旬老人在台上的演讲温情又充满力量。他说，唯三件事不能等，读书、尽孝、行善。多读经典，胸襟自然开阔，气度自然不凡。当时，郑老师温暖的力量和智慧的话语感染了在场的观众。可惜的是在2018年，老先生安息离世，在当时听到这个突如其来的消息时，那一刻我眼眶湿了，当时台上那一句"小小的教室是大大的世界，大大的世界是小小的教室"，至今也深深鼓舞着我。

面对艺术,其实没有标准和固定模式,将心打开去感受,"情之所至,意之所动"。每一种艺术形式,都有其发展根源、脉络和不同精神追求,通过创作者不同的视角,我们感知世界,也辩证地去理解世界。也许有人会说,没有艺术也照样能活得很好,的确如此。但在我看来,在现行社会之外,我们需要艺术和科学这样的"局外物",它们最重要的意义都是让你去改变或者转变一个视角,这样才会有不同的收获。

不论是艺术创作还是人生,在求真求美德的道路上,要相信人所坚持的会有回应,有些如同星光穿越宇宙进入视线,需要很多时间。

香港

香港的多元似乎能满足人一切幻想，层出不穷的艺术展览和剧院演出，电影里的熟悉街巷，浅水湾的惬意……都是她的魅力所在。人们总是关注香港繁华的表面，而忽视了她的内在，这里对我来说，更是一个温情的存在。来旅游购物的人们，之所以认为香港喧闹或拥挤，因为只是看到了香港的其中一面，而这里的美，更在于人。

在香港有许多朋友，兰姨是其中之一，我们非常投缘，她的丈夫也是一位尊敬的长辈，我叫他原叔。兰姨在20世纪50年代的香港出生，从小接受英式教育，考入英国华威大学，硕士回到了香港中文大学就读，每次和她聊天，都能感受得到她内心的阳光与活力，是位注重精神成长的女性。

放下一心想购物的念头，把自己投入香港平凡的市井生活，虽是过客，但也能感受她的脉搏与呼吸，来来往往的人们、擎天高楼里的梦想、路边餐厅的烟火气……世间的微小如此真实。

最爱听兰姨讲过去的香港，有一次我们买完东西开车回公寓，路过一块正在修建的工地，她对我说："这里是香港最早的机场，现在已经没有了。小时候我们在学校上课，飞机的声音很吵，老师讲课时都要停下来，等飞机飞过了再开讲。"

原叔与兰姨的状态是我心中对幸福的想象。年轻时一起奋斗，如今儿女成家立业，便投身教育和慈善。原叔成立的基金会，一直在帮助中国农村的儿童教育、中国西部的防沙治沙。香港是一座高速发展的城市，生活节奏极快，可能大部分人都在努力寻找远方的"绿洲"，他们却凭自己的力量在培育绿洲。

兰姨家旁边就是香港中文大学，旁边有条河，在春天还能见到一群人在练习划龙舟。远离市区的高楼之后,眼前是静谧的山峦和繁盛的紫荆花。开车进学校,穿梭在森林般的校园里,看到有一些毕业生在拍照。

闹市里的大学校园,总会勾起人生的纯真回忆,兰姨说:"跟你原叔相识于我的少女时代,那时我们周日同去一个香港教堂,只是互相认识,后来他在香港大学读书,再去英国念硕士。缘分让我们在英国的一个小教堂结婚了。后来过了好多年,我们又和儿女们一起回到英国的那个小教堂举行纪念仪式。"说到这里,她嘴角微微上扬。

整个下午,都和兰姨坐在学校餐厅的落地窗前,一边聊天一边喝港式奶茶。兰姨的故事和思想,像电影片段一样在我的脑海里不断闪现,春去秋来、城市腾飞、日新月异,在刻苦拼搏、自强不息的"狮子山精神"下,时光仿佛并没有走太远,两位老人一直保持着初心。

最美好的事情,便是时光变幻,而我们依然如初。

上海

上海街道两旁的法国梧桐、寒冷潮湿的空气、阴雨下的街灯，触动了记忆深处的一些温暖。

华山路上的枕流公寓，是曾住过周璇等许多文化艺术名人的地方。傍晚夕阳西斜，沐浴在余晖里的公寓，像一首被记忆渲染的岁月之歌，嫩绿色的植物在风中摇曳，展望未来的生命痕迹。晚餐找一家西餐厅，鲜嫩多汁的牛扒暖胃之后，去爵士乐酒吧听一听音乐。安放身心，自在当下。

每一次与上海的邂逅，都会有一种时空沉浸感，不论是古色古香的老宅、时尚前卫的戏剧活动，还是时装大牌的展览，这座城的摩登早已刻在骨子里。

上海的许多展览都有一种旅行感，戏剧和当代艺术的融合，让人有不断探索的欲望。"飞行、航行、旅行"的展览，策展人 Robert Carsen（罗伯特·卡森）是一名歌剧导演，这激发了我想要探索展览体验感的好奇心。他曾说，展览与观者之间的互动与歌剧有所不同，它不是全盘托出，而是以循序渐进的方式，慢慢呈现全局。其实，好的戏剧和展览，都如同一场美妙的旅行。

我的旅行中所经历的艺术活动大多都与展览和戏剧相关，在欣赏歌剧与展览时，事实上都是一种经过感知、凝视、思考、分析的过程——代表我们在力所能及的范围内，感知创造者所看到的东西，然后理解他们的意图。

Robert Carsen（罗伯特·卡森）说，"舞台是演员与观众之间的桥梁，表演的手法是吸引观众尽可能接近歌剧的一种方式。剧作者是讲故事的人，我试着努力复述别人的故事，并让它们真正具有生命。我对让故事变'活'而感兴趣。观众就像一个孩子渴望听到睡前故事——就算是他们早已经知道故事情节，但他们总是希望每一次或者是在下一次听到它们时，都能够像第一次听到那样充满兴奋，所以你必须以非常强烈的方式告诉他们。"

在我看来，策展与导演两种工作，其实并没有太大区别。前者需要为观者布置场景，后者也是向观众展现演员和故事性。当我在策展时，展厅就是我的剧场，艺术作品就是演员，由它们向观众传递我的想法和世界。一个令人难忘的展览，是具备故事性的。

艺术不免给人带来距离感，我想也许是因为我们曾经的观赏方式：例如在展览望着墙上纹丝不动的画，或在剧院观众座席上遥望舞台的世界，"禁止拍照与触摸"加剧了我们与艺术之间的隔阂。直到如今，沉浸式艺术的出现，让艺术同自然、同生活一样，可以无处不在。

曾经在纽约的沉浸式戏剧Sleep No More中忘我，而上海版的《无眠之夜》也让人拥有了更多中国特色的体验。剧场中的布景和演员都加入了更多上海元素，一个艺术作品，在不同的文化氛围下，所表现的风格各异。艺术的创作，在艺术家这里实际上只完成了一部分，还有一部分，由观众的体验与审美完成。与观众更好互动的作品，触动到受众的作品，才能凸显艺术作品的美学意义。

"沉浸式"的内涵是让观众真正成为艺术创作的一部分，并在审美活动中有所启发。时代的变化丰富了多元的艺术载体，跨越了空间、技术、概念，正是在这样的探索方式中，才能发现新创意。

热爱探索的人，会把自己真诚地交给世界，享受世界反馈的美好回应。在许多沉浸式戏剧或展览中，我都尝试让自己专注和融入，尝试在光影与声音之间体验现实与梦境的边界。探索陌生的世界，也是探索真实的自己。人生，不也如此么。每一种感触、每一次互动、每一个选择，组成了我们的人生记忆和未来命运。一个选择看不出结果，但千千万万个选择组合在一起，就成了我们的生活。剧本早已写好的台词，也许是我们本就想要对自己说的。或许很多事，从一开始做的时候，就已经编排好了结局。

人生、艺术、思考……都可以看作是一场旅行，实际上，我们未曾停止过远行，直到生命的尽头。在旅行中观察、在观察中思考、在思考中创作，既是身体的旅行，也是思想的旅行。以审美的心胸观世界，展现出脑海里的一只只美丽蝴蝶，不正是一件快乐的事吗？

后记
生之如舟
艺游世界

　　人生如旅，行走于世本就是一场一去不回的旅行。艺术的学习与创作，也是一次灵魂的远行。坐飞机度假、看一场电影、过这一生……世间万事，都应当有审美的心胸。如果我们在生活中，也用"旅行""审美""艺术创作"的心态，自然处处也能发现生活的惊喜与美的享受。

　　Be not just a tourist but rather a culture explorer.（不仅是一个旅行家，更应该是一个文化探索者）。读万卷书、行万里路，我遇见了许多有趣的人和事，书里的故事、旅途中的故事……每个人的经历，都会渐渐组成自己眼中的世界，这本书里很多地方，大家也都不陌生，感谢你愿意走进我的艺术小世界。

　　喜欢旅行带来的未知与冒险，也喜欢艺术创作中的探索，喜欢舞台上的即兴表演，也喜欢人生中的不确定性。敞开胸怀，去感受、接纳和探索，看到生命的绽放，会有一种感动。人生的每分每秒，都是独一无二的时刻，每一次旅行、每一次演出、每一天的生活，都是独一无二的体验。在旅行中的故事、生活里的感受，很多都是我的创作灵感，人生与旅行是一场探险，创作也同样需要冒险家的精神。

　　美，不仅仅存在于艺术之中，更在人间、天地宇宙间。不论是山川河流、花鸟草木还是各种艺术作品的呈现方式，我们都通过世间存在的美看到宇宙的秩序与和谐，从而窥见自我最深的心灵反映。在审美活动与艺术创造中，我们探索着世界，也探索着我们自己。越理解不完美的世界，就越深爱着这个世界。

　　感谢我的家人，在学业和事业中一直给我耐心的陪伴与无私的支持；感谢我的所有教授、老师们，不断在专业上引领我、鞭策我；谢谢参与本书制作的琨芳、坤睿两位设计师好朋友；感谢辰弈娱乐对本书有声部分的制作支持，特别是与我一起完成歌曲、音频创作的音乐制作人宥勋、嘉晖；谢谢广东旅游出版社，一直给予我最坚定的信任和理解……还要特别感谢与我一起度过本书中所有时光的朋友以及工作伙伴,谢谢在生活和工作上支持、鼓励我的朋友们……

在这本书的完成过程中,人类正在一起经历着一段刻骨铭心的岁月:新冠肺炎在全球无情地蔓延。无论多么艰难,我们都还在一直坚守着、尽力工作和生活着。

当你们看到这本书的时候,希望全球疫情已经渐渐过去,也希望这一切艰难的岁月过去之后,通过我这本小书,可以让你重拾旅行的热情、对梦想的执着和生活的激情。

用力奔跑吧,我们总会和美好再次相遇。

——肖伊谷
2020年5月25日初稿 于广州
2021年1月19日二稿 于深圳

扫码听《冒险家》音乐专辑

Basilique du Sacré-Cœur de Montmartre
Sanctuaire de l'Adoration Eucharistique Jour et Nuit depuis le 1er août 1885
www.sacre-coeur-montmartre.fr

Every First Friday of the Month 3pm: Votive Mass of the Sacred Heart

图书在版编目（CIP）数据

艺术的行囊 / 肖伊谷著. —广州：广东旅游出版社，2021.11
ISBN 978-7-5570-2523-6

Ⅰ.①艺… Ⅱ.①肖… Ⅲ.①游记—作品集—中国—当代 Ⅳ.①I267.4

中国版本图书馆CIP数据核字(2021)第130629号

艺术的行囊
YISHU DE XINGNANG

出 版 人	刘志松
统　　筹	蔡　璇
责任编辑	贾小娇
责任技编	冼志良
责任校对	李瑞苑
书籍设计	引体向上
策　　划	伊谷工作室

广东旅游出版社出版发行
（广州市荔湾区沙面北街71号首、二层　邮编：510130）
联系电话：020-87347732
广州汉鼎印务有限公司
（广州市黄埔区南岗骏丰路117号202）
787mm×1092mm　16开　16印张　210千字
2021年11月第1版第1次印刷
定价：68.00元

【版权所有　侵权必究】

本书如有错页倒装等质量问题，请直接与印刷厂联系换书。